JN120542

ラストピース
マネジメント

外川大由

プロローグ

「もう辞めたい」

これが、僕の口癖だった。介護の仕事は、もっと楽しいものだと思っていた。入居者とたくさん話をしたり、何かを一緒に工作したり。一緒に楽しい時間を過ごせるものだとばかり思っていた。

ところが、現実はまったく違った。

職場内の人間関係はいつもギスギスしていて、新しい職員が入っても、誰かがすぐに辞めてしまう。常に人手不足だから、残業も休日出勤も当たり前。入居者と談笑しようものなら、「あいつは仕事をしていない」と後ろ指を指される環境だった。

ミスをするたびに叱責され、叱られたくないから誰も正しく報告しない。事故が起きても、それを隠蔽することもあった。

職場内には恐怖が蔓延していた。そんな恐怖と闘いながら、業務に追われる毎日を過ごし、心も体も疲れ切っていた。休みたいのに休めない。休みの日でも仕事のことを考えてしまう。

フルストレスの環境下に置かれながらも、簡単に仕事を辞めるわけにもいかなかった。僕には家庭がある。可愛い4歳の娘と愛する妻がいる。

それに、入居者さんのことだってある。大学を出てからの13年という時間は、少なくとも僕にとって大切な思い出ばかりだ。

僕のことを、本当の孫のように接してくれた入居者さん。戦争のつらく悲しい体験を、涙を流しながら話してくれた入居者さん。人生の最期を看取った入居者さんも少なくない。どれもかけがえのない大切な思い出ばかりだ。それを簡単に手放したくはなかった。

5歳のときに両親が離婚し、父子家庭で育った僕は、忙しい父に代わって祖父母の愛情を受けて育った。そんな祖父母に恩返しがしたいと思い、14歳の頃には介護の仕事をすると決意した。大学で福祉を学び、介護職という仕事を選んだ。

いくら職場にうんざりしているとはいえ、天職ともいえるこの仕事を、あきらめることなどできるはずがなかった。

退職できない現状に悶々としていたとき、主任の高木さんが仕事を辞めた。入社以来ずっと支えてもらった兄のような存在の高木さんが、無断欠勤という形で退職したのだ。電話をしても一向につながらない。

今思うと、高木さんの笑顔をずいぶん見ていなかった気もする。主任として、いつも重圧と闘っていたのだろう。中間管理職として、僕が知らない苦労もあったはずだ。

僕は自分がいかに大変かをアピールするだけで、誰かを気遣う余裕もなかった。だから、高木さんがつらそうな顔をしていても、気づかないふりをしていた。なぜ、たった一言でも声をかけられなかったのか……。それだけが悔やまれた。

結局、高木さんは二度と職場に戻ることはなかった。司令塔を失った影響は大きく、新しいスタッフが入社してもすぐに退職するという負のスパイラルに陥っていた。次第に、職員を募集しても応募すら来なくなった。

人手不足が恒常的になれば誰だって疲弊してしまうし、それがいつまで続くのか予測できないぶん、組織としてモチベーションを保つことは以前にも増して難しくなっていた。

目の前の入居者のことより、自分のことばかりを優先する、そんな職場風土になっていた。

問題は職場だけでなく、僕の家庭にも打撃を与えていた。先日も、家族みんなで動物園に行く約束をしていたのに、当日の朝に職場から呼び出されたのだ。出勤予定の早番職員が、無断欠勤をしたためだった。

2年目のカヨちゃんが一人では対応しきれないという理由で、僕に電話をかけてきた。それに応えるために、僕は家族との約束を守れず、休日にもかかわらず、仕事に向かったのだった。

4歳になる娘のハルカと妻のユキとの時間を何より大切にしたい僕にとって、家族の時間を仕事に奪われることはストレスでしかない。


そんな最中、僕は主任になった。

高木さんの後任として、もっともリーダーからかけ離れているであろう僕が、なぜか選ばれたのだ。正直、高木さんの後任は誰でも良かったのだと思う。

施設長の吉川さんは、僕を主任にした理由を一生懸命に説明してくれた。でも、単に在籍年数が長いという理由で選ばれたことくらい、流石に気づいていた。ババくじを引いたようなものだ。

それでも、僕は主任になることを決意した。妻のユキの後押しもあったが、何より、大好きな祖父の教えを思い出したからだ。

「たとえ誰も助けなかったとしても、困っている人がいれば、お前は助けてあげなさい」

僕は、この職場をなんとかしたい。

負のスパイラルから抜け出したい。

そのために、誰かがやらなきゃならない。

もう誰も不幸になってほしくない。

心からそう思っていた。それからというもの、勤務表の作成や会議の司会進行など、「忙しい」の一言に集約される毎日になった。「介護」とかけ離れた仕事がとにかく多い。

僕は介護についての知識や技術ではなく、マネジメントについての本を読み漁って、必死になって勉強した。そんな様子を見ていた事務長の林さんが「マネジメントのセミナーがあるから、良ければ行ってきなさい」と研修に参加する時間を作ってくれた。

そして、このセミナーが、僕の人生を大きく変えることになった——。

主な登場人物

近藤カズ
主人公。35歳。介護歴13年。前任の急な退職により、急遽、主任に抜擢される。

内山タカ
カズの大学時の先輩。39歳。500事業所以上の実績があるコンサルタント。

吉川施設長
市役所を定年後、寿苑の施設長に。62歳。男性。

林事務長
寿苑唯一の女性管理職。55歳。既婚。

田島看護師長
看護師経験30年以上のベテラン看護師。

平田ユウスケ
入社5年目の介護職員。26歳。独身。彼女あり。

太田キミコ
介護福祉士。41歳。介護においては15年以上のベテラン。

町田カヨ
新卒2年目の介護職員。23歳。実家暮らし。

近藤ユキ
カズの妻。33歳。一児の母。

近藤ハルカ
カズの娘。4歳。保育園に通う。

目次

中間管理職を苦しめる2つの理由

事務長の林さんから勧められたセミナーの当日。

結局、その日も残業になってしまい、会場に着いたのは片付けが終わりかけの頃だった。ガックリして帰ろうとしたとき、大きな声で呼び止められた。

「カズくん、ちょっと待って！」

びっくりして振り返ると、温かみのある優しい笑顔が僕のほうへ走ってきた。

「カズくん、久しぶりだね。待っていたよ」

久しぶりと言われても一体なんのことなのか、すぐには理解できなかった。

「ほら、俺だよ。タカだよ。内山タカ」

僕は頭をフル回転させた。タカ、タカ、タカ……。もしかして⁉

「あの、タカさん？」

「そうだよ、俺だよ。ホント久しぶりだね。会いたかったよ」

タカさんとの出会いは、遡ること17年前。僕が大学1年のときだ。タカさんは同じ大学の4年生で、ボランティアサークルの副部長をしていた。その頃から、温かみのある優しい笑顔の人だった。

そのタカさんが今、目の前にいる。

「タカさんも、今日のセミナーに参加されたんですか?」

タカさんは大きな声で笑った。

「参加した、というか俺が主催したんだよ。ほら、講師の名前を見てごらんよ。俺の名前と写真が載っているだろ」

僕は恥ずかしくなった。林事務長からセミナーに行くように言われたものの、ロクにセミナーの案内にも目を通していなかったのだ。

「参加者名簿にカズくんと同姓同名の名前があったから、もしかしてと思っていたんだ。そしたら、見事にビンゴ。片付けまで待っていて良かったよ。ところで、カズくん。このセミナーに参加しようと思ったということは、もしかしてマネジメントのことで悩んでいるのかな?」

その通りだ。だから、このセミナーを待ち望んでいたのだが、結局、参加できなかった。僕は悔しくて、タカさんに背を向けた。泣いているのがバレないように、そっと涙を拭った。

「タカさん! 僕に、マネジメントを教えてください!」

急に大きな声を出したからか、タカさんは驚いた表情を見せた。

「もちろんだよ。ただね、マネジメントはテクニックじゃない。魔法みたいなテクニックは存在しないんだ。だから、教えられることは、仕事の素晴らしさだけかもしれない。それに、痛みを伴う場面もあるだろう。それでもいいかな？」

「もちろんです！」

「じゃあ、とりあえず、今から飯でも行く？」

「いいんですか？　ありがとうございます！」

これが、僕の人生を大きく変えた運命の再会だった。

ただ、このときの僕は、タカさんが言った「痛みを伴う」ということの本当の意味を理解していなかった。

*

僕たちは、セミナー会場のすぐ近くのイタリアンの店に入った。タカさんは、ここでよく食事をするらしく、マスターとも顔見知りだった。

タカさんは、８年前に独立をして、経営コンサルティング会社を経営していた。コンサルティング実績は５００事業所を超えていて、それとは別に介護施設も運営をしているという。

「それにしても、カズくんが介護の業界で活躍しているなんて嬉しいな」

「僕は大学を卒業してから13年間、寿苑という特別養護老人ホームで、介護職員として働いてきました。でも、つい先日、前任の主任が退職してしまったため、急遽、僕が主任になったんです。今まで現場一筋だったので、何もできなくて……」

「大変だったね」

「新しいスタッフが入社してもすぐに辞めてしまうし、最近は募集をかけても応募すらない状況です。みんな残業や休日出勤が当たり前で、とても疲れています。主任になったからにはなんとかしたいのですが、何からはじめたらいいのかわからなくて……」

「そうか、よく頑張っているね」

ここ最近、誰からも承認されていなかったためか、心に暖かい感情が流れ込む感覚になった。食後のホットコーヒーが運ばれてきた。コーヒーに口をつけ、僕は心を落ち着かせた。

「カズくん。俺はこの店の雰囲気も好きなんだけど、何よりマスターが1杯ずつ淹れてくれるこのコーヒーが大好きなんだ。このコーヒーは優しい香りがするんだよ」

タカさんの言う通り、とてもおいしいコーヒーだった。

「そうだ、タカさん。僕のことをカズって呼んでください。みんなからもそう呼ばれていますし、一番しっくりきます」

「わかったよ、カズ」

タカさんは優しく微笑んで、話を続けた。

「カズ。今のカズのポジションは、いわゆる中間管理職ってやつだ。結論から言うと、中間管理職は本当に能力の高い人しかできない」

僕は、また落ち込んだ。能力が高くないことなど、誰よりも自分が一番理解していた。

「やっぱり僕が中間管理職なんて無理ですよね……」

「何を言っているんだ。俺は無理と言っているんじゃない。むしろ、逆だ。カズは能力が高いから、中間管理職として十分やっていけると思っている」

能力が高い⁉ そんなことあるはずがない！

「どうせお世辞だと思ったんだろ？ その顔は信じていないな？」

「図星です。謙遜しているわけでもなく、僕の能力が高いなんて、とても思えません」

「カズ、いいか。中間管理職というのは、まず二面性が必要なんだ」

「二面性、ですか？」

「そうだ。カズの上司を『親』として、部下を『子ども』として、たとえてみよう。上司である『親』は『子ども』の面倒をみれば良い。そして、部下である『子ども』は『親』を頼ることができる。でも、中間管理職のカズは、『親』の面倒も『子ども』の面倒も見なくてはならない。『親』でありながら、『子ども』でもある。つまり、二面性が必要なんだ。

一方で、上司も部下も一面性しか持つ必要がないから、ある意味で余裕があるんだ。彼らは下を向くか上を向くかのどちらかでいいからね。でも、中間管理職だけは違う。二面性が必要になる。だから、能力が高くないとできない」

「たしかに、上からはガミガミ言われ、下からはつつかれる。サンドイッチみたいな、そんな状態です。上司のことも立てなきゃならないし、部下の話も聞いてあげなきゃいけません。そんなプレッシャーがいつもあります……」

僕は大きなため息をついた。

「カズ自身も部下という『子ども』だったにもかかわらず、人手が足りないという理由で、急に主任という『親』の役割を与えられたんだ。しかも、主任とは一体なんなのか、どういったことをして、何を求められているか。それが明確じゃないから悩んでしまうんだよ。『親』になる準備が整っていないのに、『親』になってしまった。主任になるための然るべき教育を受けていない。これがカズを苦しめている理由だ」

　僕なんかが主任を全うできるのか……。不安がどんどん膨らんできた。

「これは、法人の罪なんだ。カズは一切悪くない。人手不足を理由に、間違った職員配置をしてしまう法人は少なくないんだ」

　僕はまた大きなため息をついてしまった。

「ただ、誤解しないでほしい。カズは消去法ではなく、主任に適しているという、しっかりとした評価基準のもと、選ばれたはずだ。やみくもに人選したわけではないはずだよ。なぜなら、俺がカズの上司でも、カズを主任にするだろうからね」

　こんなときにも、タカさんは僕を勇気づけてくれる。本当にすごい人だ。こんな人と一緒に仕事ができたら、どんなに成長できるだろう。

「つまり中間管理職は、上と下とをつなぐパイプ役としてのハブ機能を果たせるかどうかが大事になる。そのために、他者の気持ちを心から理解する必要があるんだ」

　僕は大慌てで、ノートにメモをした。

　メモを取り終わるのを確認すると、タカさんは次の話をはじめた。

「さらにもう一つ、カズを苦しめていることがある。それは、長期の仕事と短期の仕事を両方やっていることだ」

「長期と短期、ですか？」

「これも、組織マネジメントにおいて重要なことだから、しっかり覚えておいてほしい。一般的な企業でいう社長は、基本的には中長期の仕事をしている。たとえば、年間計画や3年後のビジョンを考えたり、人材戦略や経営戦略を練ったり、そういった中長期のことを仕事としているんだ。介護施設なら施設長の仕事だ。常に未来を見据えているのが、彼らの特徴だ」

「なるほど」

「一方、現場のスタッフは、日常的に高齢者のケアに携わっている。これは、短期の仕事だ。レクリエーションやイベント行事なども、そうだ。そして『今まではどうやっていたのか』『過去にはどういう実績があるのか』という、過去を頼りにしているのが短期の仕事の特徴だ」

「長期の仕事が未来を見据えているのに対して、短期の仕事は過去を頼りにしているわけですね」

「長期と短期の仕事において、どちらが良い悪いということはない。それぞれの役割を全うすることが組織運営では大切だ。ただ、長期と短期のパワーバランスが崩れてしまうと、フルストレスの環境下に置かれることになる。たとえば、人材戦略という長期のプランを練りながら、日常的なケアをするなど、短期の仕事も兼ねているみたいなイメージかな。今のカズは、こんな状態だろう?」

「その通りです」

「中長期的な組織体制構築の仕事をしながら、現場にも入らなければいけない。長期と短期の仕事を同時にこなすことは、脳科学的にもほぼ不可能なことが立証されているんだ」

「でも、うちの施設は人手が足りないので、誰かがやらないといけないんです」

「そこだよ、カズ。中小規模の施設は、スタッフ一人あたりの仕事量や職責が大きくなりがちなんだが、だからこそ、長期の仕事と短期の仕事を分ける必要があるんだ。もちろん、繁忙期などは一人二役、三役を担うこともあるだろう。でも、このメカニズムを理解して、原則とすることで大半の問題は解決する」

「長期と短期って、具体的にはどういう仕事をいうんですか?」

「これは、施設や会社の規模だけじゃなく、経営者の価値観によっても大きく変わるから一概には言えない。さらに法人にとって、現状の最重要課題が何かによっても大きく変わる。ただ、今まで俺がコンサルしてきた法人を例にすると、こんな感じかな」

そういって、タカさんは僕のノートに次のように書き込んだ。

【長期】

・年間計画
・経営計画
・人材戦略
・教育、研修
・マーケティング

【短期】

・高齢者のケア
・イベント、行事
・事故、クレーム対応
・営業活動
・創作活動

「ほとんどの場合、短期の仕事をしていて、役職が上がると、急に長期の仕事を任されることになる。だが、教育や訓練が行われないままいきなり長期の仕事を任されたってできるはずがない。つまり、人が育つには適切な教育や訓練が必要ということだ」

たしかに僕は介護職としての教育は受けてきた。でも、主任としての教育は受けたことがない。

「大事なことだから、もう一度伝えておくが、長期業務と短期業務の区別は、緊急度や法人の規模だけでなく、経営者の価値観によっても大きく変わる。だから一概には言えないんだ」

「タカさん、よく理解できました。そこで一つ質問があるのですが……」

何でも聞いてくれと、タカさんはうなずいた。

金銭的な報酬と非金銭的な報酬

「僕は主任という役職が大切なのは理解しているつもりです。でも、いったい何をやればいいのか、まわりから何を期待されているのか、さっぱりわからないんです」

タカさんは、大きくうなずいた。

「主任という役職は、会社から何を求められているのか。それは、主任だけじゃなく、一般職や課長、部長、施設長も同じなんだ。それぞれのポジションについて、しっかり定義する必要がある。だから、カズの上司に相談してごらん。『主任に求められるものは、どんなことでしょうか』って」

そんなことを聞いたことなどなかった。

会社は、僕にどんなことを求めているのだろう……。知識も経験もなくて、みんなからは頼りない主任と思われているんだろうな……。

タカさんがコーヒーを飲んだ。一口ずつ、味わって飲んでいるようだ。

「カズはよくやっていると思う。だから、そんなに自分を責める必要はない。自己肯定感を下げることはないんだよ。自己肯定感ってわかるかい？」

「自分の存在意義や価値、ということですよね」

「その通り。カズ自身が自分を信じられなければ、他人を信じることもできない。たとえば、仕事でミスをしても、それによってカズという人間の価値が下がるわけじゃないんだ。あくまで『仕事でミスをした』という事実でしかない。ミスをしたからって、人間性が損なわれるわけじゃない。だけど、自己肯定感が低いと『仕事でミスをしたこと』と『自分に価値がないこと』をつなぎ合わせてしまう。でも、これは切り離していく必要があるんだ」

心当たりがあった。新人の頃、ミスをして叱責されるたびに「僕は介護に向いてないんじゃないか」と思ったし、性格や育ってきた環境を恨んだこともあった。

でもタカさんは、失敗は仕事でミスをしたという一つの事実に過ぎないという。人間性を否定されているわけじゃないというのだ。

「どんな人にも価値はあって、それは第三者から侵害されるものではない。人権を侵害するなんて絶対にあってはならない。家族でも親子でも夫婦でも友人同士でも、同じことが言える。どんな自分であっても、必ず一人ひとりには価値があるんだ。それを忘れちゃいけないよ」

タカさんと話していると、勇気が湧いてくる感覚があった。

「最後にもう一つ、大切なことを伝えたい。職場で誰かがミスをしたときに、その人の『人格』を否定してはいけないということだ」

「人格の否定、ですか?」

「そうだ。『仕事でミスをした』という事実だけにフォーカスするんだ。職員同士がいがみ合っている雰囲気があると、ミスをした職員の人格を否定する傾向がある。『あの人は、ああいう性格だからダメなんだ』『あの人は、家庭がうまくいっていないからダメなんだ』という具合にね」

僕の職場にはそんな雰囲気がある。それが嫌で退職した人たちは数えきれないほどいた。助け合う風土ではなく、傷付け合う風土。僕も、そんな組織風土には嫌気がさしていた。

「うちの職場がそんな感じです。何とかしたいと思っていますが、どうすればいいのかわかりません」

「そうだよな。俺はさっさとバケツの底に蓋をしたほうがいいと思っている」

「バケツの蓋って、何ですか?」

「じゃあ、質問だ。現状を解決するために『人材採用』と『マネジメント』、どちらが優先事項だと思う?」

「スタッフが不足しているのだから、採用だと思います。無事に採用ができた後に、マネジメントという順番だと思います」

「ほとんどの人がそう答える。でも俺の答えはカズと真逆だ。まずは、マネジメントを整えなければならない。なぜなら、それができてようやく採用がうまくいくからだ」

「どういうことでしょうか？」

「想像してみてくれ。大きなバケツがあるとする。そのバケツの底に大きな穴が空いているとしよう。では、そのバケツに大量の水を入れたら、水はたまると思うか？」

「たまりません。そもそも、穴の空いたバケツに水を入れるなんてことはしません」

「その通り。水を入れる前にやるべきことがある。何だと思う？」

「なるほど……。バケツの底の穴に、蓋をすることですね！」

「さすが、カズだ。そうなんだよ。世界中の水を集めても、バケツの底に穴が空いていたら、水がたまるわけがないんだよ」

僕は、うんうんとうなずいた。

「だから、まずバケツの底に蓋をしなければならない。これを組織に当てはめてみよう。水が人材採用だとしたら、バケツがマネジメントだ。マネジメントというバケツが壊れているのに、水という人材を入れたところで定着すると思うか？」

「定着しないですね……」

「そうだ。なぜなら、バケツには大きな穴が空いているんだからね」

僕は採用のことで頭がいっぱいだった。その水が綺麗か汚いか、つまり、社会人として常識があるかないかという基準だけで判断していた。

ところが、タカさんの答えは違った。そもそもバケツに穴が空いていては、どれだけ水を入れてもたまるはずがないという。でも、バケツにいったん水がたまれば、その水が綺麗であっても汚れていても浄化できる。それこそがマネジメントなんだ。

「タカさん、まずはバケツの穴を閉じないといけないこと、すごくよく理解できました。でも、どうやってバケツの穴を閉じればいいんですか？」

「カズの職場の雰囲気を一言で表現したら、どんな感じになる？」

「雰囲気、ですか……？」

「そうだ、何て答える？」

「今はみんな疲れています。だからかもしれませんが、積極的に新しい取組みをしたいわけではなく、淡々と同じことを繰り返している印象です。うちの施設は公務員と同じ給与水準で、何もしなくても年功序列で昇給していくので、みんな安定を望んでいるように思います。積極的に何かをする理由はないのかもしれません」

「しっかり理解しているじゃないか。まさにそれが職場の雰囲気なんだろう。それにしても、カズの職場にはポジティブな風土を感じられないな……。たしかに公務員と同等の待遇が用意されて『金銭的な報酬』は整っているのかもしれない。でも、『非金銭的な報酬』が整っていない可能性がある。俺はそう感じる」

「非金銭的な報酬ですか？」

「『金銭的な報酬』はわかりやすいだろ？　給与とかボーナスとか福利厚生とかだ。この金銭的な報酬が高ければ高いほど、働きやすい職場だと勘違いしてしまう。誰だって給与は少ないより多いほうがいいだろ？　でも、金銭的な報酬が良いというだけで、その企業で働こうとも思わないだろ？」

僕は大きくうなずいた。

「そこで重要になるのが『非金銭的な報酬』だ。非金銭的な報酬とは、自分の存在が承認される環境や成長する機会があるということだ。この他にも、個人のワークライフバランスが重視されているとかいろいろあるが、非金銭的な報酬を与えられていると、『やりがい』につながるんだ」

僕は自分の施設を思い返した。

「うちの施設は、みんな、金銭的な報酬が魅力で入社していると思います。それが、タカさんのいう『ポジティブな風土が感じられない』原因かもしれません……」

「なかには金銭的な報酬だけで選択する人もいるだろうが、長く働き続けることはできないだろう。なぜなら、人は『自分の存在価値』を社会に見出したいものだからね」

「その通りです」

「じゃあ、また質問だ。すごく給料が高くて人間関係が最悪な会社か、給料はそこそこでも人間関係がすごく良い会社。どっちの会社で働きたい？」

「もちろん後者です」

「そうだろ、俺もカズと同じだ。血の通った人間同士の温かみを感じられるような、そんな会社で働きたい。俺自身も、そういう会社を目指している」

さらにタカさんに質問をしようとしたとき、店員が申し訳なさそうに、そろそろ閉店だと伝えに来た。気がつくと、時刻は23時になろうとしていた。

タカさんは、僕が主任になったことへのお祝いということで、御馳走してくれた。聞きたいことは、まだたくさんあるものの、贅沢を言ってはいけない。

「困ったことがあればいつでも連絡してきていい」と、タカさんは連絡先を交換してくれた。

こうして奇跡のような1日は終わった。帰り道に見た満月が、とても綺麗だった。

採用よりもマネジメント

「カズさん、聞きました？　来週から太田さんっていう女性が入社するらしいっすね」

　次月の勤務表を作成していると、後輩の介護職員の平田君が話しかけてきた。

「俺のフロアは人手不足が続いているんで、ぜひ欲しいとこっす。しかも、前職は主任までやっていた人らしいじゃないっすか。即戦力になる人がいると、士気も上がりますよね」

　僕は彼が苦手だった。遅刻は多いし、定時になるとさっさと帰ってしまう。みんな忙しくしているのに、平田君は自分のことしか考えていない気がして、彼とは距離を置いていた。

「もちろん知っているよ。来週からみんなの負担が軽くなるといいね。どこのフロアに配属されるか、これから吉川施設長や林事務長とも相談してみるよ」

　当たり障りのない会話だけにしようとしたが、平田君が僕を離さない。

「しかも、なかなかの美人らしいですよ。カズさんの好みだったりして」

「おい、いい加減にしてくれないか。僕は忙しいんだ。平田君に構っている時間なんてない」

冷たくあしらったところで、彼は気にもしないタイプだ。

「そんなムキにならないでくださいよ。冗談っすよ、冗談。今度の人は、長く勤めてもらいたいっすからね。人が入っては辞めて、入っては辞めての繰り返しで、俺たちも疲れちゃうんすよね。せっかく教えても、すぐに辞めるなら、教え損になっちゃうじゃないっすか」

もっともだった。おちゃらけて見えるが、平田君は実は的を得たことを言うことも多い。

僕たちの姿を見て、看護師長の田島さんが声を荒げた。

「ちょっと、あなたたち！　現場が忙しいのに何を遊んでいるの。平田君、今から入浴介助でしょ。カズくんだって、ヒマだったら手伝ってちょうだい。忙しいんだから、もっと手のかからない入居者を入れて欲しいものだわ」

田島師長は、嫌味を言い残して、現場へ戻っていった。

彼女の看護師経験はすでに30年以上になり、この寿苑でも15年以上勤務している。施設内のすべてを知り尽くしていると言っても過言ではないだろう。田島師長に逆らえる者は誰一人としていなかった。

「おぉ、こわっ」

平田君が田島師長には聞こえないようにボソリと呟いた。しかし、本気で田島師長を怖がっているわけではないことは分かりきっていた。


来週から、太田さんという介護職員が入社する。人手不足が恒常的になっている職場にとって、希望の光だ。

それにしても、最重要課題は人材確保だ。入社してもすぐに退職してしまう状況が続いていて、僕が主任になってからも、すでに5人が退職していた。

平田君が言うように、業務を教えてもすぐに辞めてしまうため、そのぶんが余計な仕事になっていた。ただでさえ忙しいのに「教える」という業務が加わるのだから、みんなが疲弊するのは当然だろう。しかし、いつまでもこんなことは言ってはいられない。なんとかしなければ……。僕は焦り出していた。

そのとき、林事務長に呼び止められた。

彼女は、職場で唯一の女性管理職で、年齢は今年で55歳になる。全体的に白髪で、しかしそれがすごく綺麗に見えるほど、独特の雰囲気を醸し出していた。

林事務長は滅多に現場に口を出さないが、今日は、気持ちに余裕のないことが読み取れた。

「来週から女性スタッフが入社するでしょ。彼女には３階フロアに入ってもらおうと思っているわ。そこで、お願いがあるの。しっかりと教育してほしいのよ。そうでないと、どれだけ採用したところで、すぐに退職してしまうじゃない。正直に言うと、完璧な人なんていないわ。だからこそ、育ててほしいのよ。それに、採用広告にばかりお金をかける余裕もないの。一人採用するのに、80万円ほどかかっているのよ」

事務長の言う通りだ。社会人として一般常識を持ち合わせている人なら、それで良かったが、これまでには入社３日後に連絡もなく、来なくなってしまう人もいた。

事務長を筆頭に、採用する側も必死に頑張ってくれているが、成果につながっていない。

「そうは言っても、カズくんに丸投げしてはダメよね。どう教育体制を整えていくか、一緒に考えましょう」

その言葉が救いだった。タカさんにアドバイスをもらってから頭の中で整理をしていたことを、僕は思い切って持ちかけた。

「吉川施設長、林事務長。聞いてください。短期的には現場を回すことが優先事項だと理解しています。でも、それだけでは、いつまで経っても根本的な解決にはならない気がします」

「その通りね。それで?」

　林事務長が鋭く質問をした。

「はい。できれば僕は中長期のことに重きを置いた仕事に取り組みたいです」

「どういうことかしら?」

「マネジメントを整えていくことが最優先だと思います」

「採用よりもマネジメントを、ってことかしら?」

「社内がぐちゃぐちゃだと、すぐに辞めてしまいます。来週に入社する太田さんだって、この現状を知ったら長く勤められないかもしれません。そうしたとき、実はマネジメントを整えていくことが最重要課題だという気がします」

「つまり、教育やマネジメントは中長期の仕事だから、そちらに専念したいということ?」

　さすがは林事務長。うまくまとめられない僕の言葉を解釈してくれている。

「おっしゃる通りです。もちろん必要に応じて僕も現場に入ります。でも、長期業務に重きを置きたいと思っています」

「今までのやり方に固執して、根本的解決に至らないとしたら、やり方を変える必要があるのかもしれないわね。カズくんに任せてみようかしら……」

　吉川施設長は、僕らの話を黙って聞いていた。

「それで、カズくん。まず、どういうことから取り組んでいくつもり？」

　そうなのだ。いったい何から手をつければ良いのか、僕もまだ模索中だった。

　でも、「バケツの穴」に蓋をするためには、金銭的報酬だけでなく「非金銭的報酬」が欠かせない。そのための社風をどう作っていけばいいのだろう。タカさんにそこまでは聞いていなかった。

「具体的な取り組みについては、少し時間をください。だた、毎朝みんなで理念を唱和することからスタートしたいと思っています。そうすることで、意識が変わるのではないでしょうか」

「わかったわ。じゃあ、明日から朝礼時に理念の唱和をはじめましょう」

　僕は早速、各フロアに法人理念を貼り出した。

　田島師長が「ワケのわからないことをはじめて……」と嘲笑った。実際、半ば強引に理念の唱和をはじめたからだろうか、現場は余計に混乱してしまった。

クレームの裏に隠されているものは？

数日後。

その日は、関東全域が歴史的大雨に見舞われているというニュースが流れ、僕が住む地域でも強い雨が降っていた。

僕はうまく寝付けなかったが、それは雨が気になったからではない。むしろ、ワクワクしていたからだ。

ハルカが幼稚園に行くよりも前に、僕は家を出た。

今日は太田さんの入社日だった。

朝9時。太田さんは、約束の時間より15分早く寿苑にやって来た。

スラッとした姿で茶色のボブヘアーがとてもよく似合っている。ビジネススーツを綺麗に着こなし、それがいかにも仕事ができる雰囲気を醸し出していた。

事務所の朝礼時間に合わせて、太田さんもそれに同席した。

吉川施設長が「今日から入社の太田さんです。では、一言どうぞ」と挨拶を促した。

「初めまして。太田キミコと申します。介護の仕事を始めて15年以上になりますが、気持ちを新たに頑張りたいと思います。ご指導よろしくお願いいたします」

吉川施設長が「以前の職場では、介護主任をされていました。即戦力として活躍を期待しています」と付け足し、歓迎モードに染まった事務所は大きな拍手に包まれた。ところが、祝福ムードは一本の電話によって不穏の空気へと一変したのだった。

電話を取ったのは、新卒2年目のカヨちゃんだった。受話器からは、事務所にいる全員に聞こえるくらいの怒鳴り声が漏れている。

カヨちゃんは「申し訳ございません」を何度も繰り返していたが、罵声は10分以上も続いた。ようやく電話を終えたカヨちゃんに、僕は説明を求めた。

カヨちゃんは、呼吸を整えるように深呼吸をした。

「クレームをもらってしまいました」

「クレーム?」

「はい。実は……。パジャマを着替えられていない、それに靴下が片方なくなっているじゃないか、というクレームです。事故や過誤があったわけではありません」

「え、そんなこと?」

「はい……」

「大きな声を上げていたから、一大事かとヒヤヒヤしたよ」

僕は心底安心した。なぜなら、事故や過誤なら大変なことになるからだ。しかし、クレームの内容は、パジャマや靴下に対してのものだった。

僕は「たいしたことないクレーム」と解釈をした。

カヨちゃんが話を続けた。

「カズさん、私も正直びっくりしています。靴下を片方なくしてしまったことは過去にもあったんですが、そのときは声を荒げることはありませんでした。しかも、大声を上げるようなご家族ではない印象だったので、余計にびっくりしています……」

「大変だったたね。なんで急に怒り出したんだろう。僕としては、そっちのほうが気になるんだけど」

「わかりません。私が気に障るようなことを言ったのかもしれません……」

カヨちゃんは、普段からご家族と信頼関係を築けるキャラクターだった。靴下ごときでクレームなんて、僕には理解できなかった。

「それで、どう納得されたの？」

「『もういいわ』と言って、一方的に電話を切られてしまいました」

「そっか……。僕もその家族が施設に来られたときには挨拶をしておくね。何かあれば、また共有してほしい」

そう言いながらも、僕はどこかモヤモヤが残っていた。

たしかに、何度も靴下をなくせば怒るかもしれない。しかし、怒鳴りつけなければならないほどのことなのか。

「何か」がこのクレームの裏に隠されている気がしてならなかった。


夕方、僕はタカさんにメールをした。今朝のクレームのことを相談したかったからだ。

タカさんは、来週の火曜日は事務所で仕事をしているとのことだった。幸いにも、僕もその日は休みだったので、事務所に行くことになった。

それにしても太田さんの初出社の日にクレームの電話とは……。彼女はどう思っただろう。大変な施設と思ったかもしれない。僕は、太田さんがあれを見て嫌になってしまわないか心配だった。

クレームの質の変化

「タカさん、これ、少しばかりですけど、スタッフの皆さんと食べてください」

初めてタカさんの事務所を訪れた日、僕は洋菓子店で手土産を買って行った。

「わざわざありがとう。気を遣わせてしまったね」

タカさんの事務所はシンプルで、余計なものなど一切なかった。しかし、単に物が少ないわけでなく、必要最低限なものに囲まれ、一つひとつがとても丁寧に使われている印象を受けた。

「カズ、ジロジロ見たって、おもしろいものなんて出てこないよ」

他愛もない話をしていると、事務員と思われる女性が、僕とタカさんにコーヒーを運んで来てくれた。僕はペコッと会釈し、コーヒーを一口いただいた。

「ところで、カズ」

タカさんが本題を切り出してくれた。

「カズを事務所に呼んだのには、深い意味がある。俺がどんなところで仕事しているのかを知ってもらいたいのもあったんだが、それ以上に、クレームに関する話は大切

になるからだ。だから、集中できる環境で話をしたかった」

いつの間にか、タカさんが真剣な表情になっていることに気づいた。

「10年ほど前まで、介護業界は成長期だったんだ。施設もたくさんできたし、新しい概念を持った形態の施設もできた。地域包括ケアシステムをはじめとして、小規模多機能型居宅介護だとか、地域密着型サービスだとかも、まさにそうだよな。

成長期のときは『大変な仕事なのに、介護職ってすごい』『おじいちゃんの世話をしてくれて、ありがとう』と、みんなが介護業界を応援してくれたんだ。このとき、介護は『ありがとうと言われる仕事』という価値観が根付いた。ただ、介護業界の成長期は終わって、今はもう『成熟期』に入っているんだ」

「成熟期？」

僕が質問すると、タカさんは成長カーブの図を書いて説明してくれた。

「成熟期というのは、市場そのものが大きな飛躍を果たせない状態にあることを言う。つまり、これ以上の成長は見込めない状態とも言える」

「成長できない状態、ですか？　それって、とても不安です。なぜ、成熟期になってしまったんですか？」

「人間の成長と同じ原理なんだ。人は生まれたときは、母親や父親に依存しなければ生きていくことはできないよな。これがいわゆる『導入期』だ。だが、大きくなるにつれて、自分でできることも増えてくる。歩くことができて、言葉も覚えて、人間関係を育み、学校や社会にもまれて、自分という人間を形成していく。少しずつ自立に向かっていくんだ。これが『成長期』さ。

でも、ある程度まで成長すると、それ以上の成長は簡単ではなくなる。これが『成熟期』だ。そして、さらに年齢を重ね、少しずつ衰えてくる。今までできていたことが、できなくなる。これが『衰退期』だ。だから、成熟するのは仕方ないことで、むしろ自然なことなんだ」

「もう介護業界の成長期は終わって、今は成熟期だけど、いずれ衰退期に入るということですか?」

「その通りだ。実際、ここ数年、介護事業所が倒産するケースが増えている。安定と言われている社会福祉法人ですら、倒産する時代なんだよ。だから、いつまでも10年前の価値観でいると、とんでもないことになる。成長期のように、みんなが応援してくれる時代は終わって、今は『もっと私のことを大切にしてほしい』という価値観にシフトしているんだ。それこそが、まさに成熟期だ」

僕がメモを取り終えると、タカさんは話を続けた。

「成長期は、みんなから『ありがとう』と言われる時代だった。もちろん、今でもありがとうと言われる機会はあるだろう。それが福祉や医療に関わる人たちのモチベーションの根源だ。でも、成熟期に入った今、『もっと、私のことを大切にして』というクレームが増えているはずだ。なぜなら、一人ひとりを大切にするという価値観が重要になっている時代になったからだ」

「たしかに、今回のクレームはパジャマや靴下のことでした。だから、『神経質な家族だな』という感覚でしかなかったのですが、そうじゃなかったんですね……。価値観が大きく変わったことが原因だったんですね」

タカさんは大きくうなずいた。

「もちろんご家族としては、職員たちに感謝しているだろう。しかし、それは『私たちのことを大切にしてくれている』という信頼関係があって成り立っているんだ。逆に言うと、『自分たちを大切にしてくれないのであれば、言うことははっきり言わせてもらう』というメッセージでもあるんだ」

たしかにそうだった。

少し前までは「いつもありがとう」とニコニコしている家族が多かった。ところが、最近は「そんな細かいことまで気にしなくてもいいのに」と思うことを指摘されることが増えている。

「タカさん、うちの施設は、成熟期の価値観についていけていないかもしれません。クレームをもらっても、『たいしたことはないだろう』と僕もスタッフも思っています……」

「これまでは不満や違和感があっても、大きなクレームに発展しなかっただけなんだ。ご家族からしたら、おじいちゃんの『世話をしてもらっている』という価値観で、法人側は『預かってあげている』という考えで良かったからな。サービス提供者とサービス利用者に『上下の関係』があったと言ってもいいだろう。

でも、もう今はそうじゃない。横の関係、つまり『対等な関係』になっている。それにもかかわらず、これまでと同じ対応をしてしまっているんだ。だから、クレームが起こっても『職員にも周知して、繰り返さないように気をつけます』というマニュアル通りの対応しかできない。ご家族からすると、そんなことを望んでいるわけじゃないんだ。もっと大切にしてほしいという深層心理を理解していないから、余計に怒らせてしまうことになる」

そうだったのか……。

いつもは温厚な家族が大声で訴えていたことは、よほど気に入らないことがあったと思っていたけれど、そうじゃなかったんだ。あれは「私たちをもっと大切にして」というメッセージだったんだ。

「昔の価値観から脱皮できない状態にあるのは、思っている以上に深刻だぞ、カズ。今は変化の早い時代になっている。求人もそうだ。どんどん新しい取り組みをして、それを上手に発信している法人に人材も集まりやすくなっている。クリエイティブな法人ほど魅力的なんだ。だから、変化に対応できない法人は、求職者からすると魅力的でもなんでもない。そんな法人が採用広告を出したところで、応募者など来るはずもないだろう。

ご家族からすると、『ここは私たちの気持ちを理解してくれる施設なのか。私たちを大切に扱ってくれるのか』、こういうことは、イヤでもわかってしまうものなんだ。この施設は誠実なのか、職員はイキイキとしているのか、そういう点を見ているんだ。ご家族も、しっかり勉強している時代だから、もしかしたら職員よりも介護保険制度を理解しているかもしれない。時代はどんどん変わって、外部環境も価値観も変化しているんだ。それなのに、法人側が変わらないなんて、むしろ不自然だと思わないか」

その通りだ。社会保障制度も法律が変わって、それを追いかけるのに精一杯な状態だった。外部環境は変わっているのに、うちの法人はついていけていない。

「タカさん、何かこう……、現状から抜け出す方法というか、とにかく今のままじゃダメだと思うんです。どこからはじめたら良いですか……？」

何もできていないことに無力感さえ覚えていた。

「先に言っておくが、どんな経営手法やテクニックを駆使したところで、スタッフに誠実な心や気持ちがないと、何をやってもダメだ。そのためには、社員教育や研修をしっかりとする必要がある。短期的な視点ではなく、中長期の視点を持つことだ」

「正直、うちは課題がありすぎます。どこから手をつけたら良いのかサッパリわかりません」

頭を抱える僕を見て、タカさんは話を続けた。

「そうしたときこそ、チーム力を育むことさ」

「チーム力、ですか……」

「一人ひとりの力が充実していても、チームとして機能しなければ意味がない。野球も4番バッターばかりを集めたチームが、勝てるわけではないだろう。機動力や総合力が大事だ」

「どうやってチーム力を育んでいけばいいんでしょうか。やはり、理念や行動指針をもっと打ち出したほうがいいんですか?」

タカさんはバケツの穴に蓋をしろと教えてくれた。そのためには、マネジメントを整えることが大切だと。でも、そのマネジメントの方法が僕にはわからない……。

「わかった。今から講義をしてやろう。しっかり集中するんだぞ」

マザー&ファザー理論

「ところで、カズは父親になって何年になる?」

「えっ、父親になってからですか?」

僕は、少し拍子抜けした。マネジメントの話を聞きたかったのに、子育ての話になったからだ。

「娘のハルカは4歳なので、もうすぐ5年になります」

「そうか。ハルカちゃんと言うのか。今が一番可愛い年頃だね。よく懐いているのかい?」

「おかげさまで今のところは懐いてくれています。むしろ僕のほうが、ハルカにべったりで」

僕は少し恥ずかしくなった。でも、それと同時に、最近、ハルカとゆっくり遊べていないことに気がついた。

「素晴らしいね。父親の鑑じゃないか」

「ありがとうございます。でも、それが今までの話とどう関係があるんですか?」

「そんなに慌てるなよ。心配いらないよ」

僕は、いつも答えを求めてしまう。それではダメだ。答えを求めるのではなく、自分で考える必要がある。

これでは、タカさんに依存しているだけじゃないか……。

「ハルカちゃんが生まれたとき、どんな家庭にしたいと思った？」

「どんな……？」

タカさんの表情は至って真剣だった。

「笑いの耐えない家庭にしたいとか、お出かけをして楽しめる家庭にしたいとか、イメージしたことはないか？」

「笑いの耐えない家庭にしたい思いはすごくあります。仕事から帰ったとき、ドヨーンとした雰囲気で、『おかえりなさい』と言われても嬉しくありませんからね。それに、妻のユキとは『ハルカが安心できる環境をつくりたい』と話したことがあります。ユキは幼い頃、両親がケンカをしている姿をよく見たそうで、とても怖かったと言っていました。だから、ハルカの前では僕らはケンカしないように気をつけています」

「そうか、安心したよ」

「安心、ですか？」

タカさんの言うことの意味を理解できていなかった。

「すごくホッとした。これから話すことは、カズなら理解できると安心したんだ」

いよいよ本題に入ることが伝わってきた。僕は椅子に深く腰掛け、姿勢を整えた。

「俺は『子育て』と『組織』は似ていると思っている。子育てで最初に徹底するのは、両親の愛情を120％注ぐことだと考えている。『生まれてきてくれてありがとう』『生まれてきてくれて幸せよ』と抱きしめたりするだろ」

「はい、『生まれてきてくれてありがとう』と、僕も何度も言いました」

「こんなふうに子育てでは愛情を注ぐことができても、これが組織になると、できなくなることが多いんだ。やれ企業理念だ、やれ行動指針だと、そんなことばかりフォーカスしてしまう。これは、父親の力強さや価値観が先に来てしまう状態だ。赤ちゃんに対して、いきなり『上手におっぱいを飲め』と言っているのと同じだよ。これじゃあ、子どもは安心できないだろ？」

僕は、いきなり企業理念の唱和からはじめてしまった……。だから、現場は混乱してしまったんだ。

「組織も子育てと一緒で、まずは安心できる環境を構築することだ。言うならば、『マザーの愛』だ。マザーの土台ができた上に、初めて力強さや価値観を植え付けること

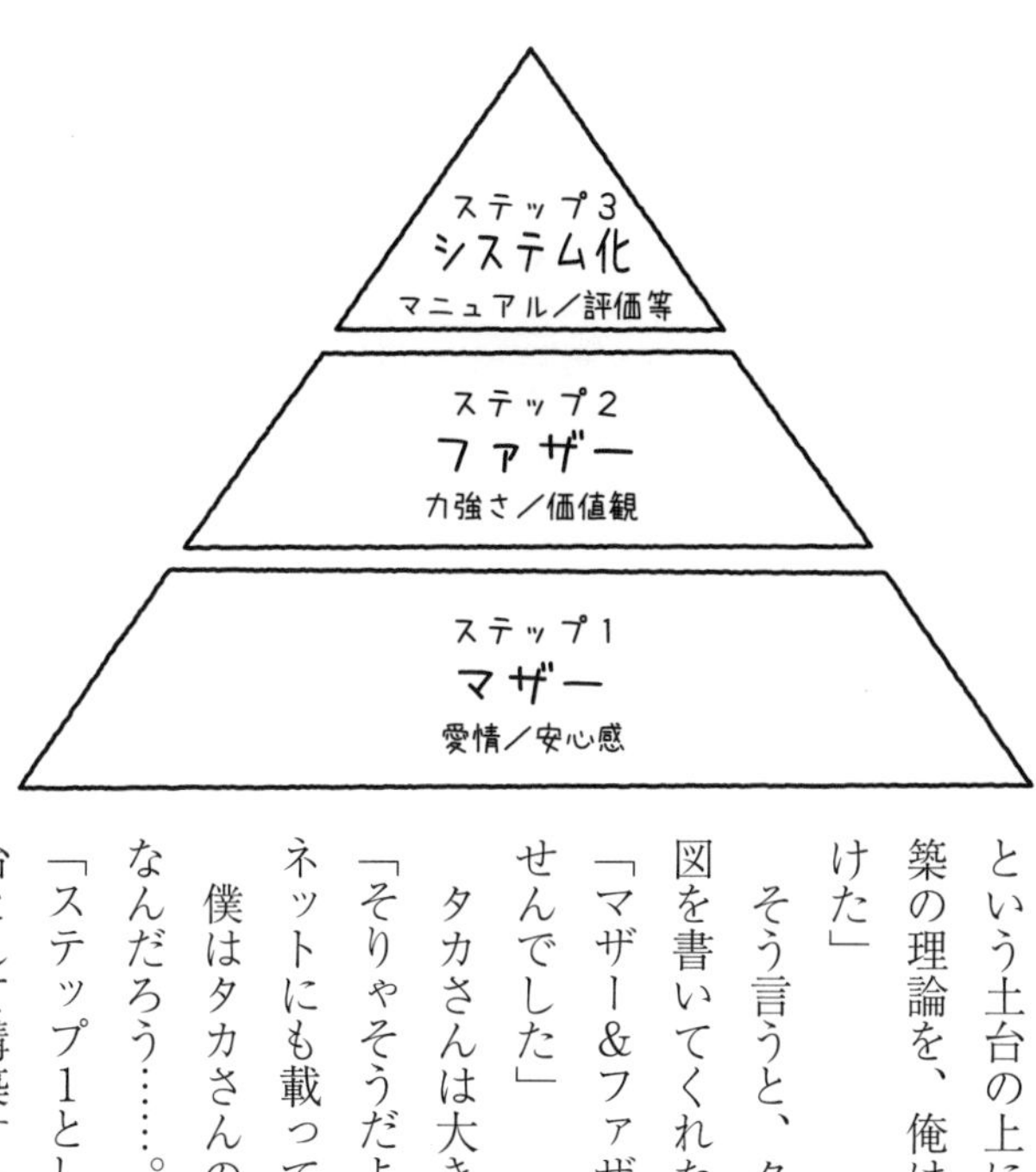

が大事なんだ。これが『ファザーの強さ』だ。マザーという土台の上に、ファザーの強さを備えた組織構築の理論を、俺は『マザー＆ファザー理論』と名付けた」

そう言うと、タカさんはマザー＆ファザー理論の図を書いてくれた。

「マザー＆ファザー理論なんて聞いたことがありませんでした」

タカさんは大きな声で笑った。

「そりゃそうだよ。俺が考えた理論だから、本にもネットにも載っているわけがないよ」

僕はタカさんの凄さを思い知った。この人は何者なんだろう……。

「ステップ1として、母親のような愛情を組織の土台として構築する。愛情という土台がないまま子どもが育つと、問題を抱えた大人になってしまうのは、カズも想像できるだろう?」

「はい、わかります」

「組織においても子育てと同じように、徹底して安心・安全な環境を構築することだ。このマザーの土台がないと、組織のなかに恐怖が生まれることになるからな」

「恐怖、ですか?」

「『いつかクビになるんじゃないか』『次に失敗したら降格させられるんじゃないか』と恐怖を抱えたまま仕事をすることになるんだ。さっき話した通り、この業界は成熟期だ。だからこそ、クリエイティビティを発揮しなければならない。恐怖を抱えていてはクリエイティビティを発揮できなくなる。マザーの土台がない法人は、今後はとてもじゃないが難しいだろうな」

「安心できる環境が大事なんですね」

「もちろん、マザーの土台を作って終わり、でもダメなんだ。想像してごらん。思春期の子が、お母さんのおっぱいをいつまでも飲み続けるか?」

僕は、苦笑いしてしまった。

「だから、子育てと同じように、組織にも父親的な強さが重要になる。つまり、ステップ2として、企業理念や行動指針という父親的な価値観が必要になるということだ」

「いきなり企業理念や行動指針じゃなかったんですね……」

「なぜか、リーダーシップとなると、ステップ2からみんなやりたがるが、俺は不思議でならないんだ」

まさに僕のことだ……。

「タカさん、実は、僕も最初に企業理念が大事と言った一人なんです……」

「でもね、カズ。誤解しないでほしいのは、企業理念は本当に大事なんだ。企業や法人にとっての存在意義そのものだからね。存在意義を見失ってしまうのは問題だろ。だから、最後にステップ3の出番だ」

「まだあるんですね」

「企業理念や行動指針に則った言動を、しっかり評価する仕組みを構築しないと、職員は何のために頑張っているのかわからなくなってしまうだろ?」

「そうですね」

「正しく公平に評価して、言動をマニュアル化・システム化できれば、それが組織力につながる」

「なるほど、ステップ3があるから、1や2も意味を持つわけですね」

「そうだ。ステップ1、2を飛び越して、いきなりステップ3をやってしまう法人も少なくないが、いきなり組織をシステム化したところで、うまくいくはずがない。もともとのオペレーションが悪いのに、それをシステム化したら、さらにオペレーションが悪くなるだろ?」

「正しいことをシステム化しないと意味がないのはわかります」

「バカをシステム化したら、スピードを上げて、さらにバカをやる。これで組織は崩壊さ。俺のクライアント先の総合病院なんて、いきなりステップ3をやったもんだから、3000万円かけて導入したシステムも一瞬で吹き飛んでしまった。しかも、かなりの人と時間を割いたから、事務職員や看護師たちが集団で退職して、現場が混乱してしまったんだ。あの頃は、俺も未熟で、このマザー&ファザー理論を構築できていなかった。今思い返しても悔しいね」

僕は、興味本位で聞いてみた。

「その総合病院は、結局どうなったんですか?」

「よくぞ聞いてくれた。ここからがすごかったんだ」

タカさんの声がワントーン高くなった。

「残ったスタッフのみんなが奮闘したんだ。せっかくシステム化したのに、バラバラになるなんておかしいって。『もう二度と大変な思いをしたくない』と言ってくれるスタッフも、少しだがいた。それから、みんな必死に働いたよ」

「そうなんですね」

「ちょうどその頃だったかな。一服してコーヒーを飲んでいたら、一人の女性が近づいて来たんだ。彼女は70歳近くて、その病院で働いている掃除のおばちゃんだった。聞くと、彼女がまだ30代の頃に、旦那さんがガンと診断されて、最期はその病院で看取ったそうだ」

「30代なんて早すぎます……」

「彼女は必死で働いて、3人の子どもを一人で育て上げたんだ。病院の院長が彼女のことを気にかけてくれたおかげで、旦那さんを看取ってからも清掃員として働いていたと言っていた。

それから30年以上、彼女はその病院の内側を見てきた。旦那さんが入院していた頃は、現場の看護師もイキイキとしていたそうだ。スタッフは辞めなかったし、結婚や出産のライフイベントがあっても、復職するスタッフも多かったらしい。それくらい、働きやすい環境があったんだろうね。

でも、院長が代わってから、利益重視の体質に変わってしまったんだ。利益が大事なのはわかるけど、職員が次から次へと辞めてしまうのは悲しかったと言っていたよ。

せっかく顔と名前を覚えたのに、すぐに辞めてしまう。いつから、こんなことになったんだろうってね。結局、俺と彼女は30分以上も話し込んで、最後に彼女が言ったんだ」

僕は無言のまま、タカさんの話を待った。

「もし、私がこの病院を1からやり直せるなら、自分の子どものように可愛がるだろうね。もう誰も辞めてほしくないね。私にとって、スタッフはみんな子どもみたいなものだからね。私ももう長くは働けない。あんた、コンサルさんなんだろ？　この病院を頼むよってね」

「……」

「そのときに気づいたのさ。もしかしたら、組織マネジメントと子育ては似ているんじゃないかって。そこから、俺は子育て本を読みまくって、本当に似ている部分が多いことがわかったんだ。それで、いろいろな場面を想定して仮説を立てていった」

「だから、タカさんは『マザー&ファザー理論』と名付けて、形にしたんですね」

「そうだ。今振り返っても貴重な経験になっている。高い授業料になっちゃったけどな。でも、その女性のおかげで、マザー&ファザー理論にたどり着けた」

「その方は今もお元気なんですか？」

タカさんはひと呼吸置いてから、話を続けた。

「彼女にもガンが見つかって、5年前に亡くなったと聞いたよ。今頃、旦那さんと一緒に天国で笑っているよ。彼女のおかげで、マザー&ファザー理論が誕生したと言ってもいい。だから、この理論を日本中だけでなく、全世界に伝えたい。組織を心豊かに育むことの大切さや楽しさを、たくさんの人に伝えたいんだ」

タカさんの思いが、じゅうぶんに伝わってきた。

「ただ誤解しないでもらいたいのは、俺は子育てにおいて、父親や母親の役割分担の話をしているわけじゃないんだ。母親がおっぱいをあげること以外は、父親もできることばかりさ。だから、マザー&ファザー理論は、あくまでも子育てをマネジメントに重ねた『たとえ話』と理解してくれよ」

「はい、理解しているつもりです！」

「子どもに愛情を注ぐのは、母親だけじゃない。子どもに価値観を教えるのは、父親だけじゃない。ただ、物事には『順番』があるんだ。子育てでも組織運営でも、この順番を間違えてはいけないよ」

今まで、たくさんのマネジメントの本を読んだけれど、「モチベーションを上げて頑張ろう」とか、そんな類のことしか書かれていなかった。

だけど、タカさんは言った。子育てと組織は似ている、と。その通りだと思った。

幼少期の両親との関係性

「ただいま」

時間を忘れてタカさんの話に夢中になってしまったため、家に帰ると、すでにハルカは眠っていた。

妻のユキが「おかえりなさい」と迎えてくれて、何やら僕に大きな包紙を持ってきた。少し重みがある。どうやら、本が入っているようだった。

「今日ね、実はお義父さんと会ってきたの。しばらく会えてなかったし、ハルカも会いたいって言うものだから。幼稚園の帰りに少しだけ寄ったの」

「父さんに会ったの？　そう言うことは事前に言ってくれよ」

「まぁまぁ、いいじゃない。ハルカだって喜んでいたんだから。それでね、この本をお義父さんから預かってきたのよ。『カズに渡してくれ』って。『きっと困ったときに役立つはずだから』って」

「何の本？」

「わからないわ。預かってきただけだから」

ユキはそう言い残して、洗い物をするためにキッチンへ向かった。

「もう余計なことをしなくていいからな」

ユキにそう伝え、僕は包紙を見つめたまま、感情をうまく表現できないでいた。

僕は、父との関係が良くない。その関係を積極的に改善しようとも思っていなかった。半ば、意地になっているのかもしれない。

父と母は、僕が5歳のときに離婚をしていた。だから、母との思い出はあまりない。その母も家を出て7年目で乳がんに倒れ、生まれ故郷の北海道の実家が母を看取り、帰らぬ人となった。

父はとにかく仕事人間で、休みの日にどこかに連れて行ってくれるわけでもなく、育児は同居する祖母に任せきりだった。

幸い、祖母は僕を可愛がってくれ、よく自転車の後ろに乗せて、買い物や喫茶店に連れて行ってくれた。

一人っ子だった僕はほしいものをほしいと言うこともなく、暇なときには家で読書をするか、公園の砂場で蟻と戯れることが唯一の癒しという、少し変わった子どもだった。

いつから父とこんな関係性になってしまったんだろう……。

母がいなくなってから?

父はもともと気難しい人だったのだろうか……。

僕が福祉の大学に通いたいと言ったときも、介護の仕事に就くと言ったときも、「そうか」の一言だけだった。

社会人2年目、祖母が亡くなったのを機に「ひとり暮らしをすることに決めた」と言ったときも、やはり「そうか」の一言だけだった。

本当は「どこに住むんだ」「食事は作れるのか」と会話が生まれることを期待していた。でも、そんな期待はことごとく裏切られた。

僕は父からの愛情に飢えていたのだろう。ただ頭をなでてくれるだけで良かった。遊園地に行けなくても、一緒に本を読んでくれるだけで良かった。

それなのに、今さらこんな本をもらったところで意味なんてない。

ずいぶん後になって知ったことだが、幼少期の両親との関係性は、人生において重要な意味を占めるらしい。ちょっとした一言で、その子の人生は大きく変わってしまうのだ。

僕はもっと応援してほしかったし、もっと興味を持ってほしかった……。

ふいに現実に引き戻される。なんで今さら、そんな昔のことを……。

タカさんから聞いたマザー&ファザー理論の話が頭をかすめた。

僕はユキから渡された包紙を、そのままクローゼットに置いた。どんな本が入っていたのかは結局、確認もしないまま、僕は布団に潜り込んだ。

ステップ1：マザー理論

翌日、僕はまたタカさんの事務所を訪れていた。どうしてもマザー＆ファザー理論の続きを聞きたかったからだ。

「タカさん、マザーとファザーの土台を作るためには、どうすればいいでしょうか」

「熱心だな。まずはステップ1であるマザーの土台作りについて説明しよう。いくつか方法や手段はあるから、俺のやり方にこだわる必要はないからな」

「はい、うちに合ったやり方を見つけていきます」

「それがいい。まず俺が推奨するのは、バリデーション・サークルだ」

「バリデーション・サークル？」

僕は急いでメモを取った。

「聞き慣れない言葉かもしれないな。バリデーション・サークルは、承認の輪とも言う」

「承認の輪」

「たとえば、会社で素晴らしい成果を上げた人がいるとしよう。その人を中心に、スタッフ全員で輪になるんだ。つまり、サークルを作る。そして、その人に向かって一人ずつがこう言う。『生まれてきてくれてありがとう』」

「生まれてきてくれてありがとう、ですか⁉　恥ずかしすぎます」

「ハルカちゃんには何度も言ったんだろう」

「それはそうですけど……」

「よし、実際に俺が今からカズにやってみるよ」

「えぇ！　ちょ、ちょっと待ってくださいよ！」

「大丈夫、準備なんていらないよ」

タカさんの表情が真剣になったのを見て、僕はあきらめて深く座りなおした。

「カズ、生まれてきてくれて本当にありがとう。なぜなら、カズと再会し、職場は違うが、同じ介護の仕事をすることで、カズからたくさんの学びを得ることができて、俺の成長にもつながっています。カズの純粋さや優しさに、魅力を感じています。だから、カズ。生まれてきてくれて本当にありがとう」

タカさんは、僕の目をしばらく見つめた。10秒だったのか、1分だったのかわからないけれど、胸の奥から込み上げてくるものがあった。

「これが、バリデーション・サークルだ。実際にやってみて、どうだった？」

「どうだったって言われても……。とにかく、恥ずかしいです」

顔を真っ赤にして、タカさんの質問に答えた。

「そうだよな。普段なかなか言われ慣れていないから、恥ずかしくなっちゃうよな。じゃあ聞くけど、不愉快な思いになったかい？」

「い、いえ！　不愉快になんて、なりません。むしろ、温かい気持ちになりました。うまく言えませんが、何かに優しく包まれているような、そんな感じになりました」

「それなら良かった。俺は何千何万もの人に、このバリデーション・サークルを伝えてきたけど、『こんな不愉快なことをさせられるなんて！』と怒った人は一人もいないんだ。それくらい、このバリデーション・サークルは、人の心を温かくさせる」

僕は想像を膨らませた。

「職場で同じ体験を共有できたら、すごく優しくて、思いやりにあふれた雰囲気になると思います」

「そうなんだよ。誰かを囲んで、その人に『生まれてきてくれてありがとう』と言えたら、必ず、思いやりにあふれた職場になる」

「でも、タカさん……。正直に言うと『生まれてきてくれてありがとう』は、恥ずかしくて言えないかもしれません。そんなときはどうすればいいですか」

読者限定プレゼント！

チームにとっての羅針盤となるクレドをつくってみませんか。本書『ラストピースマネジメント』にも登場する【21個のクレド】を差し上げます。

https://www.presents-tld.com

プレゼントの入手方法

1　上記QRコードを読み込んでください
2　読者様限定のプレゼントページが開きますので
　このページから、LINE登録をお願いします
3　登録いただきますと、21個のクレドが届きます

お問い合わせ先

The Little Days & Co.　contact@thelittledays.com

「そういうときは、言葉を少し変えることだ。『〇〇さんと、一緒に仕事ができて嬉しいです。なぜなら』というふうに言い方を変えるといい。ただ、『生まれてきてくれてありがとう』とお互いに言い合えたら、これほど良いことはないんだ。ちょっとの勇気でいい。それだけで、職場の雰囲気は１８０度変わるよ」

「わかりました。ただ、うちの職場には表彰する機会がないんですが、そういうときはどうしたらいいですか」

「そうだなぁ。これは俺の会社でも取り入れているんだが、バースデー・サークルをやったらどうだろう」

「バースデー・サークルですか？」

「そうだ、誰でも必ず年に一度は誕生日を迎える。そのときに、誕生日のスタッフをみんなで囲んで、一人ずつお祝いするんだ。『生まれてきてくれてありがとう』ってね」

「それならできそうですね！　そのときに、スタッフたちから色紙にメッセージを書いてもらっても良いかもしれませんね。あ、これなら職員だけでなく、入居者さんにもできるかも！」

タカさんは大きくうなずいた。

「素晴らしいじゃないか。こんなふうに、どんどん承認の輪は伝播していくだろう。

だからこそ、気をつけてほしいこともある。バリデーション・サークルの場で、ときどき『○○さん、▲▲をしてくれてありがとう』と言う人がいる。これはダメだ。バリデーション・サークルの意味をなさない。なぜなら、『▲▲をしてくれてありがとう』というのは、評価の基準でしかないからだ。つまり、『▲▲をしてくれなかったら、ありがとうではない』となってしまう。

バリデーション・サークルやバースデー・サークルは、誰かを評価したり、具体的な何かに感謝したりする場ではないんだ。そんなことは日常的にやればいい。この場では『存在を承認すること』に集中する。それが大事なんだ」

「簡単そうに思えても、奥が深いですね。そこで、もう一つ質問なのですが、いいですか？」

「もちろんだ」

「バリデーション・サークルやバースデー・サークルで承認される場は、人によっては年に一回とか、回数が少ないと思うんです。でも、もっと日常的にできれば、さらに良い組織になると思うんです。日常的にできるものって何かありませんか？」

「そうだね。マザーの土台作りは、絶対的に安全な環境を作ることだと言っただろ。そのためにも、毎日継続できる仕組みが必要なんだ。今から説明する『Ｇｏｏｄ　＆

New』というゲームは、俺の会社でも実践していて、マザーの土台作りになる」

「Good & Newですか？　初めて聞きました」

「俺がコンサルティング会社で働いていたときに、そこで実践していたゲームなんだ。素晴らしい効果があるから、独立した今もGood & Newを毎朝やっているよ」

「朝礼でやるってことですか？」

「その通りだ。朝礼でGood & Newをやっている」

「タカさん、どんなゲームなんですか？」

僕は早く聞きたくて仕方なかった。

「このゲームは、アメリカの教育学者であるピーター・クライン先生が考案したんだ。彼は、教育学者でありながら日々教壇に立って、生徒と向き合ってきた。そして、非行で荒れる学校を安全な場所に立て直すために考案したゲームが、このGood & Newなのさ」

「ゲームで学校を立て直すことができるんですか？」

タカさんは笑った。

「ほとんどの人がカズと同じ反応をするよ。ゲームなんかに意味があるのかってね。でも、このゲームは本当に強力な力を持っている」

「どんなことをするんですか」

「まず、アメリカの非行は、日本とは比べものにならないほど、命の危険にさらされている。インナーシティと呼ばれるエリアでは、ピストルやナイフが学校内で飛び交っているんだ。本来、安全であるはずの学校が、命の危険にさらされた場所となってしまっている。そんな環境を変える手法の一つがＧｏｏｄ ＆ Ｎｅｗなんだ。何をするかと言えば、24時間以内に起こった良いこと、もしくは新しく気づいたことを、毎朝朝礼で生徒全員が一人ずつ発表するんだ。そして、発表が終わった人に、まわりのみんながただ拍手する。それだけだ」

「え、それだけですか？」

ガッカリした僕を見逃さず、タカさんはツッコミを入れた。

「お前は今、こんなゲームで変わるはずないって思ったろ」

「図星です」

タカさんは大きな声で笑った。

「じゃあ、もっと深く説明しよう。Ｇｏｏｄ ＆ Ｎｅｗを毎朝行う。すると、不良少年も初めはこう言うんだ。『うるせぇな、馬鹿げたことやってんじゃねぇよ。良いことなんかあるわけないだろ、俺の人生は絶望なんだ』ってな」

「何となく、気持ちはわかります」

「それでも、翌日もＧｏｏｄ　＆　Ｎｅｗをやる。すると、不良少年はまた同じことを言う。それでも、何日も続けているうち、ふと言ってしまうんだ」

「？」

「『良いことなんてねぇよ。でも、昨日、家で飼っている犬の怪我が治ったんだ』って。こんなようなことをポロっと言ってしまうんだ。するとそれを聞いたまわりのみんなは、ワッと不良少年に拍手をする。それによって、彼は『承認された』と感じるんだ。承認されて不愉快になる人間なんていない。さっき、カズも感じただろ？」

「はい、とても温かい気持ちになりました」

「犬の怪我が治ったと言っただけで、こんなに承認されるなんて思ってもいなかっただろう。そのうち不良少年は、学校という場所に『俺は、ここにいてもいいんだ』と感じるようになる。存在価値を見出せるようになると、もう非行などしなくなる。こうして、命の危険にさらされる場所だった学校が安全な場所へと変わった」

僕は、タカさんの話に集中しすぎて、メモを取ることを忘れてしまっていた。

「すごいですね、こんなにも力があるなんて！」

「これくらい、Ｇｏｏｄ　＆　Ｎｅｗというゲームは強力な力を持つんだ」

「ちなみに、Ｇｏｏｄ　＆　Ｎｅｗをするときには、具体的にどんなことを話せばいいんですか？」

「どんなことでも構わないよ。ただ、条件が2つある。一つ目は、24時間以内に起こったこと。二つ目は、Ｇｏｏｄなこと、もしくはＮｅｗなことだ。つまり、良かったことか新しい気づきを得たことを言うんだ」

「たとえば、どんなことですか」

「そうだなぁ。じゃあ、天気のことをＧｏｏｄ　＆　Ｎｅｗで話してみよう。『今日は、雨が降りました。雨が降ったおかげで、先日買った新しい傘を使うことができました。ずっと楽しみにしていたので、とても嬉しい気持ちになりました』。こんな感じだ」

「え、そんなことでいいんですか？」

「そうだよ。それだけでいい」

そう言うと、タカさんが窓の外を見た。

「ちょっと外を見てごらん？」

僕は窓の外に目をやった。

「雨だ」

「雨だな」

「今日、雨が降るなんて、天気予報で一言も言ってなかったのに……」

「ここで、カズに質問だ。窓の外を見て雨が降っていると知ったとき、どう思った？」

「最悪だと思いました。傘もないし、濡れると思いました。実際、雨って好きじゃありません」

「まさに、そこなんだ。雨が降ったことを、新しい傘を使えるから嬉しいと捉える人もいれば、最悪と捉える人もいる。雨が降ったという事象は変わりないが、それをポジティブに捉えるか、ネガティブに捉えるかは、人によって違うんだ」

　タカさんがさらに続けた。

「たとえば、車通勤をしているスタッフがいたとする。これをＧｏｏｄ　＆　Ｎｅｗにした場合、『車で通勤する際、渋滞にはまりました。その渋滞のおかげで、来週のレクリエーションについて考える時間ができました。そして、アイディアが浮かびました。こういうときこそ、落ち着いて考える時間にしたいと思いました』。こんなふうに言うこともできる。そして、それを聞いたまわりの人は拍手をして承認をするんだ。

　一方、Ｇｏｏｄ　＆　Ｎｅｗをやる環境がないとどうなるか。渋滞にはまったことでイライラして、そのイライラを引きずったまま勤務に入ることになる。すると、そのイライラをまわりの人が察知するんだ。『○○さんは機嫌が悪そうだな』ってな」

「うちの職場でも似たようなことがよくあります」

「機嫌が悪そうだと感じると、どうなる？　そのスタッフに相談したいことがあっても、相談もできなくなるんだ。報告したいことがあっても躊躇してしまう。こういうところから、ミスコミュニケーションが生まれるんだ」

「なるほど……」

「朝一番でＧｏｏｄ　＆　Ｎｅｗをやることで、気持ちのリセットができるんだ。渋滞でイライラした気持ちで勤務をスタートさせるのか、それとも、ポジティブに物事を捉えて勤務をスタートさせるのか。それによって、仕事に取り組む姿勢は１８０度変わる。雨が降ったという事象は変わりないが、どちらが良好なコミュニケーションを育めるかは考えなくてもわかるだろう」

「その通りですね。ゲームだと思って、少し舐めていました」

　タカさんがニヤリと笑った。

「まさにゲーム感覚でやれるのがポイントなんだ。ゲームって楽しみながらやるだろ。これが『朝礼だ』『引継ぎだ』なんて言葉を使うと、堅苦しくなって敬遠されてしまう。そうそう、大事なことを忘れていた」

机の引き出しからゴソゴソと、タカさんは色鮮やかなボールを取り出した。

「Ｇｏｏｄ　＆　Ｎｅｗをやるときの必須アイテムさ。カズにプレゼントだ」

僕は、そのボールに触れてみた。

「タカさん、なんだか、おもしろいボールですね」

「だろ？　これはな、クッシュボールだ」

「不思議な感触です。このボールにも意味があるんですか？」

僕は手に取ったボールをポンポンと弾ませながら質問をした。

「このボールがあるのとないのとでは、Ｇｏｏｄ　＆　Ｎｅｗの質が変わる。ボールがない場合、人前で話すときに腕を組んだり、手を後ろに回したりしてしまう人がいるんだ。そうすると、気持ちが後ろ向きになる。ポジティブな話をするときには、まず体が開いていないといけない。クッシュボールを持つことで、自然と体が前に開くというわけさ」

「体が開くことで、心も開くんですね」

「そうだ。それに、クッシュボールを持った人だけの時間になる。それ以外の人は口を挟めない。その人だけの時間を作り、一切の評価をしない。ただ、承認する時間とするんだ」

「その人のためだけの時間。タカさん、他に注意することはありますか？」

僕は大急ぎでメモを取った。

「そうだな。朝礼に参加する人数が多い場合や、24時間体制の施設で、シフト制になっていたりする場合は注意が必要だ」

「まさに、うちです。シフトで夜勤になっているスタッフもいます」

「そういう場合、1回で完結しようとせずに、朝礼で1回やって、次に夜勤者が勤務に入るタイミングでもう1回やるという具合に、こまめにやるほうが良いだろう。これなら日勤帯以外の夜勤者も、必ずＧｏｏｄ ＆ Ｎｅｗをやったうえで勤務に入れる。こまめにやることがポイントだ」

「何回かに分けるということですね」

「それと、あまりに多い人数でＧｏｏｄ ＆ Ｎｅｗをやると、時間がいくらあっても足りなくなる。10人でやるくらいなら、5人グループを2つ作ったほうが効果的だ。会議やミーティングも人数が多ければ多いほど、ミスコミュニケーションが起こりやすい。そうしたときは、少人数のグループを作ることだ」

「具体的には、何名くらいまでが良いですか」

「俺は6名までと考えている。ちょっと話が逸れるけど、日本の高齢者認知症グループホームの定員は、1ユニット何名か知っているかい?」

「たしか、9名だったと思います」

「その通りだ。今は、高齢者認知症グループホームは、1ユニット9名なんだ。でも、過去に一瞬だけ、6名定員だった時期がある」

「そうなんですか? ずっと9名だと思っていました」

「6名ユニットでは、施設の経営が成り立たないなどの理由から、9名まで定員が増えたんだ。そこからさ、認知症グループホームがぐちゃぐちゃになりだしたのは。一方、ドイツの認知症グループホームは、ずっと1ユニット6名定員のままなんだ。それがどんな意味を成しているのか、俺なりに考えたんだ。1つのチームやコミュニティで確実にコミュニケーションを育めるのは、6名が上限なんじゃないか。これが、たどり着いた答えだ」

「6人が限界なんですね……」

「根拠があるわけじゃない。ただ、10名1ユニットの場合も同じで、10名一括りのコミュニティだから大変なんだ。カズの特養は10名1ユニットだっただろ? これを、5人と5人、または、6人と4人のコミュニティにすることで、自然とコミュニケーションが生まれてくるんだ」

「たしかに僕の施設は人手不足が理由で、常に10名を一括りにしています。食事を取るのも必ず同じ時間ですし、レクリエーションも同じです。だから、バタバタするんですね」

「10名で一度にやるよりも、5人ずつを2回にわけたほうが圧倒的に生産性は高くなる。ちょっと話がずれてしまって申し訳なかったが、Ｇｏｏｄ ＆ Ｎｅｗをやるときも、少ない人数で頻度を多くすることがポイントだ」

「よく理解できました。うまくいきそうな気がしてきました」

「そうだ、Ｇｏｏｄ ＆ Ｎｅｗがあるということは、Ｂａｄ ＆ Ｏｌｄもあるってことだ。でもＢａｄ ＆ Ｏｌｄはダメだ」

「まさにＧｏｏｄ ＆ Ｎｅｗの逆ですね」

僕はおかしくて笑ってしまった。

「ただ、実は笑えないんだ。Ｇｏｏｄ ＆ Ｎｅｗを取り入れると、さっきの不良少年じゃないが、必ずと言っていいほど、『こんなことをやっても意味なんてない』と言い出す人が出てくる。変化を嫌う人が一定数はいるんだ。このとき、Ｂａｄ ＆ Ｏｌｄに陥りやすい。つまり、ネガティブ発言が飛び出すことになる。Ｇｏｏｄ ＆ Ｎｅｗをやると、反対勢が声をあげるようになるが、それでも安心してほしい。それは、組織においての膿が噴き出す瞬間でもあるんだ」

「膿、ですか?」

「少し乱暴な言い方だが、膿を出し切ることで組織変革は進む。そのときには、必ずといっていいほど痛みを伴うが、あくまで一時的だ。組織変革を進めるためにも、膿を出し切る必要がある」

タカさんはオブラートに包みながらも、「誰かが辞めるぞ」と伝えていることは明白だった。

また、人手不足に拍車がかかるかもしれない。ただ、タカさんの言う通り、無傷で組織改革できるほど、現実は甘くないのだろう。

僕の表情を読み取ってか、タカさんは僕の肩に手を置いた。

「カズ、心配するな。これは、誰かを辞めさせるためのマネジメントじゃない。安全な環境を構築することを目的とした、マザーの土台作りなんだ。『私はここにいていい』と、みんなが思える環境を作ることが目的なんだ。それを拒む人もいるが、そういう人たちは、自分が輝ける場所を探して、また旅に出る。でもそれは、カズのせいじゃない。職場のせいでもない。もちろん、その人のせいでもないんだ」

「わかりました。覚悟を持って取り組みます」

「マザーの土台は築き上げるのに時間はかかるが、崩れ落ちるのは一瞬だ。だから、バリデーション・サークルやＧｏｏｄ ＆ Ｎｅｗをやり続ける仕組みを作ることが大切だ。途中でやめたら意味がない。絶対に歩みを止めるんじゃないぞ」

僕は、力を込めて「ハイ！」と答えた。

タカさんが徹底してマザーの土台作りにこだわっている理由が、何となくわかってきた。

一言にマザーと言っても、甘いことばかりではない。だからこそ、根底に大きな愛情が必要なんだ。それがあって初めて成り立つのかもしれない。

ステップ2:ファザー理論

「次はステップ2だ。昨日も話した通り、マザーの土台を作った後は、価値観を定着させることが大切だ。そのために、俺の会社でやっているのは『クレド』だ」

「クレドですか！」

僕は、「聞いたことあるぞ」と、思わず大きな声を出してしまった。

「前に、何かの本で読んだことあります。たしか、リッツカールトンホテルのスタッフが持ち歩いているっていう、あれですよね？」

「カズはよく勉強しているな」

タカさんに褒められると、単純な僕は有頂天になる。

「クレドは、いわゆる信条という意味だ。リッツカールトンホテルは、全世界どこに行っても同じ行動指針で、スタッフが行動している。そのクレドに基づいて行動すれば良いんだ。それこそが、リッツカールトンホテルが超一流といわれる所以だ」

「ちなみにタカさんの会社には、どんなクレドがあるんですか？」

タカさんは、カバンからｉＰａｄを取り出して、クレドを見せてくれた。

「21個もあるんですか」

「数が多ければ良いわけではないよ。大事なのは中身だ。それに、いきなり俺が全部作ったわけじゃない。現場で起こっているマネジメントの問題点を吸い上げて、スタッフみんなで作ったんだ。だから、現場で起こる問題が、このクレドに反映されている」

「タカさん、このクレドはすごいと思います。どうやって作っていったんですか？」

「実は、俺が抱えている『怒り』を文言にしたんだ」

「怒り、ですか？」

「たとえば、『あいつ、また遅刻しやがったな！』とか『また、やりたくないと言っているな』とか。『なんでもかんでも俺に相談する前に、少しは自分で考えて行動しろよ』とか、最初は、怒りを文言にしていったんだ」

「自分で考えろよっていうのは、めちゃくちゃわかります！」

「リーダーが抱える悩みは一緒だな。ただ、いつまでも怒っていても生産的じゃない。だから、怒りを反対側から解釈してみたんだ。『遅刻するな』ではなく、『遅刻しないために』という具合だ。そして、それをスタッフみんなにアンケートを取った。現場で困っていることはないかってね。そうすると、出るわ出るわ（笑）。みんな、怒っているとわかって、これをクレドにしようと考えたわけだ。だから、このクレドの根元は、怒りなんだ」

「タカさんが、こんなに怒っていたなんて意外です」

「俺だって人間さ。怒るときもあれば、落ち込むこともある。ロボットじゃないんだからな」

「冗談で言ってみただけです。でも、僕が知っているクレドや理念は、『遅刻はするな』『自分で考えろ』って、強制するイメージがあったんです。規則で縛って管理するというか……」

「時代的なこともあるかもしれない。高度経済成長の頃は、マネジメントなんてあってなかったようなものだ。なにしろ、物を作ったら作っただけ売れたから、お前はあれをやれ、これをやれという軍隊的なマネジメントで良かったんだ。

その環境で育った人が上司になって、今度は若手を育成するようになる。でも、当時の価値観から変わらないし、そもそも自分がまともに教育を受けてないから、うまくいくはずがない。そうなると、強制型のマネジメントになって、結果として、ファザーだけが強くなるんだ」

「マザーの土台がないということですね」

「さすが、カズ。だいぶわかってきたじゃないか。会社の理念だけが先行してしまうと気合と根性の世界さ。でも、強制型のマネジメントは通用しない」

「規則で縛るのでは、ダメなんですね」

「そうだ。『お前たちはこれをやれ！』という方法ではなく、『私たちはこれをやります』という約束事を宣言するようにする。それによって、自分たちが取るべき行動がわかるんだ」

「主体的で前向きな感じがします」

「さらに言えば、この価値観に基づいて採用もおこなわれるので、クレドに合わない人は初めから採用しなくて済むようになるんだ。仮に、クレドから外れる言動があっても、『うちのクレドと違うでしょ』と指導もできる。こうなると、同じ価値観を持った同志しか残らなくなるんだ」

僕は、あらためてタカさんのことを尊敬した。ここまで徹底してマネジメントをしているなんて知らなかった。

「クレドに基づいて行動すれば、新人だってすぐに独り立ちさ。俺が現場につきっきりにならなくて良いのは、このクレドがあるからなんだ。みんなこのクレドに基づいて行動してくれるからね。困ったことがあれば、相談していい雰囲気はマザーの土台で作っているから、俺がどこにいてもコミュニケーションは良好さ」

僕は、タカさんの会社にはたまたま良い人材が集まっているのだと思っていた。でも、違った。こんなに戦略的で、明確なアクションプランがあったからなんだ。

「ただ、クレドのおかげで成長できているのは、実は俺のほうなんだよ」

「どういう意味ですか？」

「経営するなかで、迷う場面はいっぱいあるんだ。こういうときは、どうしようってね。自分に明確な価値観がないと、つい悪魔の囁きに流されてしまうものなんだ。だから、クレドはスタッフだけでなく、俺自身へのメッセージにもなっている。たまにスタッフから『それってクレドから外れていませんか』と言われるよ」

「タカさんでもそんなことがあるんだと思うと、逆に勇気が出ます」

「クレドはスタッフだけのものではなく、リーダーのものでもあるんだ。価値観をみんなで共有して、それに基づいた行動を取る。そうすることで、確実に企業理念、つまり、ミッションの達成に近づくんだ」

「タカさんの会社では、リッツカールトンのように、クレドは仕事中も携帯していますか？」

「それぞれのスタッフルームに掲示してあるし、本にもして、全職員に渡してある。それだけじゃなく、クレドを朝礼のときに1つ読み上げるようにしているんだ。『今日のクレドは、５番です』という感じでね」

「よくある唱和ですか」

「そうだ。でも、うちはそれだけで終わらない。その日の当番が、５番のクレドを読み上げるだろ？　その後、当番のスタッフは、５番のクレドについて、自分はどう思うか、それに基づいて、どう行動することで、どんな良い影響をまわりに与えたいかを１分くらいしゃべるんだ。つまり、自分自身の考えを発表する」

「それはすごい。自分がそのクレドについてどう考えるかですか？」

「そうだ。朝礼のときに、理念を唱和する会社があるだろ？　でも、よく考えてみろよ。社長だけが考えた理念を、ロボットのように唱和することに、どんな意味があるんだろう。『こんなことをさせられて……』とモチベーションを下げてしまう社員もいるかもしれない。ただ唱和するだけなんて意味がないのさ」

僕は、急いでメモを取った。

「ありがとうございます。メモできました。続きをお願いします」

「毎朝一つずつクレドを読むうち、スタッフも成長して組織も成長する。そのうち、クレドが現場の実態に沿わなくなるタイミングが来るんだ。さらに言えば、クレドの文言は『もっとこうしたら良いと思う』という声も上がりはじめる。

最初に言ったけど、クレドはみんなで作ったものだ。だから、成長とともにクレドに違和感が出たら、そのときもみんなで考える。俺一人で決めたことではなく、自分たちで決めたことだからね。だからこそ、ちゃんとそれを守ろうとするんだ」

「やらされているのと、自分で守るのとでは全然違います」

「子育ても一緒だろ。親から宿題をやれと言われると、『今からやろうと思ったのに』と反発してしまうんだ。でも、宿題をやらなくて恥ずかしいと感じたら、子どもも自分から勉強するようになる。だから、ファザーと言っても、力づくでコントロールするわけじゃないんだ」

「タカさん、お願いがあります。このクレド、僕にくれませんか?」

「もちろんだ。ただ、これはうちの会社のクレドだから、マネしたところで意味はない。自分たちが抱えている悩みを形にするんだ。しっかりと頭を使うんだぞ」

「わかりました!」

このクレドは、僕にとって、いや僕らの組織にとって羅針盤になるはずだ。タカさんからもらったクレドを、僕はそっと抱きしめた。

「カズ、わかっていると思うが、これで終わりじゃないぞ。最後のステップ3がまだ残っている」

ステップ3：人事評価・マニュアル化

「いよいよステップ3だ。ここで大切なのはステップ1、2の成果をきちんと形にしていくことだ」

「形、ですね」

「たとえば、マザーの土台を構築するために頑張ったとしよう。そうしたら、それを評価する仕組みが必要なんだ。ステップ2のファザーも同じだ。クレドや組織の価値観に基づいた行動をしたときに、しっかりと評価する。何をしたら評価され、何をしたら評価されないか。これが明確でなければ、何のために頑張っているのかわからなくなるだろ」

「そうですね。間違った努力をしなくなると思います」

「サッカー選手に『今からみんな練習してください』と言うと、シュート練習する人もいれば、パスを練習する人もいるだろう。そして、練習が終わってから『今回はドリブルを練習した人を評価します』と言ったらどうだ？」

「後から言わないで、と思います」

「そう思うのは当たり前だよな。だから、ちゃんと目標設定をして、ゴールに向けて、どうアクションを起こすかが大事なんだ。さらに言えば、評価することが目的になっている会社も少なくない」

「どういうことですか？」

「カズの職場は、評価は半年に一回くらいか？」

「半年に一回、ボーナスの時期に合わせて、形式上の評価制度があります。でも、ほとんど機能していません。どれだけ頑張っても、ボーナスが増えることもないですし」

「だから、みんな、平均点でじゅうぶんと思ってしまうんだ」

タカさんはすべてお見通しのようだ。

「僕が主任になったときも、みんなは僕がババくじを引いた感覚でいたと思います」

「ちゃんと評価されないから、みんな頑張らない。頑張ったとしても、それが会社の求めているゴールなのかもわからない。そんなのは、真っ暗な森の中をさまよっているようなものだ」

「はい……」

「カズを責めているわけじゃないんだ。評価制度なんて名ばかりで、機能していない会社ばかりさ」

「どうして、評価制度は機能しないんですか」

「大きな要因は2つある。一つは、マザー&ファザー理論のような概念が存在しないことだ。土台のない会社は素晴らしい評価制度システムを作っても機能しない」

僕は、頭が痛くなってきた。

「もう一つは、ほとんどの法人の評価は、半年に一度程度だからだ。つまり、半年に一回では遅すぎるということだ」

「遅すぎですか?」

「逆に聞くが、スタッフが半年前に頑張っていたことを思い出せるか?」

「それは無理です。思い出せません……」

「評価される側も覚えているかわからない。半年前のことを評価しろと言われて、できるはずがないんだ。だから、評価する側もされる側も曖昧になってしまう。こうなると、評価制度はきちんと機能しなくなって、形だけのものになってしまうんだ。半年に一度の面談なんて、みんなイヤそうにしてないか」

「そうですね、面倒くさそうです」

「『面談したところで、形だけでしょう』と思ってしまうよな」

「タカさんの会社は、どんな評価制度なんですか?」

「うちは、3ヶ月に一度評価をおこなっている」

「3ヶ月に一度ですか！　よくそんな時間を取れますね」

　タカさんは大きな声で笑った。

「カズ、お前もそう言ったか！」

「と言うことは、他の人も僕と同じことを言うんですね」

「みんな同じことを言う。『そんな時間を取れるはずがない』ってな。でも、半年に一度しかやらないから大変になるんだ。半年前のことは覚えていられないが、3ヶ月前なら覚えていることも多いからな。たとえ、指導が必要なときも比較的タイムリーに話せるんだ。間違った方向に行きそうなときも修正できる。辞めたいスタッフがいても、フォローがしやすくなる。これが半年間も放置されていると修正できない。そうすると、すべてが後手になるんだ」

「半年という期間が機能不全の原因になるとは思ってもいませんでした」

「半年に一度しか評価していない法人は、よほど評価の仕組みがしっかりしているか、組織に大きな問題を抱えているかのどちらかだろう」

「タカさん。3ヶ月に一度の評価って、大変そうに思いましたが、やる価値はありそうですね」

「初めは大変かもしれない。でも、お互いに慣れてきて、面談にすら抵抗を感じなくなる。その場は『叱られる』『指導される』という場ではなく、目標に対して、どう行動できたかを確認する場なんだ。愚痴を聞く時間でも、指導する時間でもない。具体的な行動に対して事実確認をするだけの時間だ」

「具体的な行動に対して、事実確認をする時間……」

　僕はボソリと呟いた。

「だから、面談時間も短くなる。長い人で30分、短い人だと15分で終わる」

「それはすごいですね。うちなんて、一度の面談で1時間や2時間、話すスタッフもいます」

「半年分の思いを晴らそうとするからな。だから、お互いストレスになるし、生産性も欠ける。ただでさえ人が足りない現場から、スタッフが2時間も抜けたら、それはそれで困るだろう」

「スタッフとの面談は、僕もストレスでしかありません。それに、きちんと公平に評価できるのか自信もありません」

「評価は、ステップ2でやった法人の価値観や理念と整合性がなければならない。法人としての価値観に基づいて、具体的に行動できたかどうかを評価すれば良いんだ。

難しいことじゃないよ。マザー&ファザー理論のステップ1、2がないのに、ステップ3をやろうとするから大変になるんだ」

「それでも難しく感じます……」

「感情が入るからだ。評価においては、感情は抜きにしなければいけない。つまり、個人的な好き嫌いで判断してはいけないんだ」

「個人的な好き嫌い、ですか」

「仮に、『時間を守ろう』という価値観があって、遅刻したスタッフがいたとする。事情を聞くと、車の調子が悪く、さらに事故渋滞にもハマったという。カズはきっと『気の毒だった』と思うだろうね。『そんな大変なことがあったのだから遅刻は仕方ない』ってね。カズとそのスタッフのことなら、どう思っても問題ないんだ。でも、評価の場合はそうじゃない。事実に基づいて判断しなければいけない。遅刻した、という事実だけにフォーカスをしなければならないんだ」

「一回の遅刻で、評価を落とされるなんて可愛そうな気もします……」

「このとき重要になるのは具体的な行動だ。遅刻しないために、どう行動を変えたのか。それがとても重要になる。たとえば、いつもより15分早く家を出るようにした、いつもとは違う道で出勤をするようにしたとか。失敗は悪いことじゃない。その失敗から何を学び、どう改善したかが大切なんだ。だから、感情でなく、『思考』と『行動』が変わるように指導しなければならない」

「思考と行動、ですか？」

「そうだ。じゃあ、質問だ。４＋４は？」

「８です」

質問の真意がわからなかった。

「正解だ。これは、たった今、カズの思考が変わった証拠なんだ。今まで評価の話をしていたのに、急に足し算をしただろ？　これが、思考が変わったということだ」

「たしかに……」

「じゃあ、次の質問だ。右手を挙げてくれないか？」

僕は言われるがままに右手を挙げた。

「ほら、行動が変わっただろ？」

「本当ですね」

「一生懸命にメモを取っていたカズの行動が、一瞬にして変わった。じゃあ、最後の質問だ。カズの大嫌いな人を思い浮かべてくれ。そして、その人のことを今すぐ大好きになってくれ」

ふと父の顔がよぎった。でも、とてもじゃないが大好きになどなれない……。

「ダメです。大好きになんてなれません」

「そうだろう。思考と行動は一瞬で変えられるけど、感情は変えられないんだ。それなのに、感情にフォーカスをしてしまうから、うまく評価できなくなる。感情ではなく、思考と行動にフォーカスする。評価制度の目的は、成長することにある。成長するためには、変えられることだけにフォーカスすることだ。それはつまり、思考と行動だ」

「勉強になることばかりです。半年に一回の評価だと、ここまでできませんが3ヶ月に一回なら正しい方向を示せそうです」

「大切なのは、『すぐ』対応することだ。褒めるときも注意するときも、時間が経てば経つほど効力がなくなる」

「タカさん、質問しても良いですか？」

タカさんは優しくうなずいてくれた。

「マネジメントの本を読んでいると、『モチベーションを上げて頑張ろう』と書いてあったりします。僕も、モチベーションは大切だと思いますが、タカさんはどう考えていますか？」

「あくまでも、俺の意見でいいか？」

「はい。タカさんの考えを聞いてみたいです」

そういうと、タカは少し黙ってから驚くことを言った。

「俺は、モチベーションを信用していない」

「信用していない、ですか?」

「モチベーションは目に見えないぶん、把握しづらいんだ。たとえば、いっけん元気がなさそうに見える職員も、本人からすると元気だったりする。モチベーションが下がっているように見えて、実は上がっていたりもする。つまり、モチベーションは可視化しづらい。だから、そこに頼るマネジメントは信用できないんだ」

「たしかに、いつも淡々としているスタッフも、モチベーションが低いとは限りませんね。逆に、テンションの高い人がモチベーションも高いとは限りません」

「何をもって低い高いと判断するのか。基準や定義が曖昧にもかかわらず、モチベーションを評価基準にすると、現場は混乱するだろう。仮に、モチベーションを評価基準にするなら、モチベーションの高さを定義する必要がある」

「モチベーションの高さを評価基準の一つにする場合、どうしたら良いと思いますか」

「たとえば、『会議での発言数』はモチベーションの判断基準の一つにしても良いのかもしれない。たくさん意見が出るときは、モチベーションが高い。意見があまり出ないときは、モチベーションが低い。これなら、発言した『行動数』として定量化できるよな。評価で大切なのは、『行動』に対する評価になっているかどうかだ。俺が言いたいのは、モチベーションを評価基準にするなら、それを法人として、しっかりと定義付けする必要があるってことさ。

「うちの施設には、会議で積極的に発言するスタッフはほとんどいません。定義付けされているなら問題はないと思う」

「新しい取り組みに積極的とは言えません。むしろ、消極的で困っています」

「新しい取り組みに積極的に行動できないのは、なぜだと思う？　逆に、俺たち人間はどういうときに積極的に行動すると思う？」

僕は、頭を抱えた。

「そんなことを考えたことがありませんでした……」

「質問を変えようか。たとえば、親から『なんで宿題をやっていないの？』と言われるのと、『いつも頑張っていて偉いわね。今日の宿題はもう終わった？』と言われるのとでは、どっちが宿題をやるという行動を起こしやすいと思う？」

「もちろん後者です！　僕だけでなく、みんなそうだと思います！」

「その理由は？」

タカさんがさらに質問する。

「やっぱり褒められている感覚があるからですかね」

「そうなんだよ、お前はさすがだな。つまり、人間は何かメリットがあるときに行動するんだよ」

「メリット、ですか？」

「人間が行動する理由は、自分にメリットがあるかどうか。逆に言うと、メリットがないと行動しない」

僕は、すぐにメモを取った。

「これは、どんな人間も一緒だ。自分のやっていることが評価されるかどうか、これからやろうとする仕事にメリットがあるかどうか。そこが明確じゃないから、積極的になれないんだ。会議も発言してもしなくても評価されないなら、発言する理由が見つからないだろ」

「モチベーションではなく、評価というメリットがないから、行動できないんですね」

「自分で言ったじゃないか。褒められた後のほうが宿題をやるって。褒められるというメリットがあるから行動できるんだよ」

「そうですよね……」

「カズだって、自分がやっている仕事が評価されるかどうか知りたくないか？　他者から認められているとわかったら頑張れるだろ?」

タカさんの言うとおりだった。

自分のやっている仕事が評価されるのか、されないのか。それがわからない状態では、誰だって積極的に行動するはずがない。

「なんだか、マネジメントについて少しわかってきた気がします。そこで、もう一つ教えてください。みんなが、メリットを感じて行動できるようになるために、どうしたら良いでしょうか」

「簡単さ、日常的に評価することだ」

「日常的に、ですか?」

「そうだ、日常的に評価することを難しいと思っていないか?」

僕はうなずいた。

「カズの職場では、評価面談は半年に一回だろ? でも、日常的に評価して承認できれば、もっとみんながイキイキと働けると思わないか?」

「でも、日常的に評価するってどういうことですか?」

「そのままだよ。日常的に評価するんだ」

「わかりません……」

「日常的に、スタッフ同士が自分たちで評価し合うということだ」

「日常的に、スタッフ同士が、自分たちで、評価し合う……？」

僕はますます混乱した。

「もっと頭を柔らかくしろよ、俺より若いくせに頭が固いぞ」

タカさんが声を出して笑った。

「評価は、上司が部下にするものだと思っているんだろ？」

「え、そうじゃないんですか？」

「俺のクライアント先でもこの話をするとみんな同じ反応をする。そうじゃなくて、日常的に仲間同士でお互いを評価し合うんだ」

「日常的に、仲間同士で？」

「一言で評価といっても、良い評価もあれば悪い評価もあるが、『良い評価』に限定して、それを日常的にするんだ。たとえば、クレドに基づいて、元気よく挨拶をする職員がいるとする。その挨拶ひとつで、すごく元気をもらえる職員や入居者さんもいるだろう。俺の会社では、それだけでも評価対象なんだ。さっき渡したクレドにも書いてあるだろ？」

タカさんにもらったクレドを見てみた。

「本当だ。タカさんの会社では『元気よく挨拶をする』だけで評価の対象なんですね。でも、どうやって評価するんですか？　その、なんというか……、方法というんですかね。どうやって評価し合っているんですか？」

「サンクスカードを使っているんだ。ディズニーランドやスターバックスでも同じように『サンクスカード』のようなものを活用しているらしい。仲間に助けてもらった、優しい声がけをしてもらったというときに、相手に見えるかたちでカードを使っているそうだ。

うちの会社はそれをアレンジして、ポイントカードにしている。職員はそのカードを持ち歩いていて、たとえば『入居者さんへの声がけが、すごく優しかったね。はい、シール！』『今の電話対応は、相手のことを気にかけることができていたと思う。はい、シール！』というように、シールを渡して、ポイント制にしている。

そして20ポイント貯まったら、上長にカードを渡して、上長が事務長に持って行くんだ。そうすると、1000円ぶんのスターバックスのコーヒーチケットや、コンビニで使えるQUOカードをもらえるようにしている。そして、それをバリデーション・サークルの機会としている」

「そうやって、日常的に評価し合っているんですね。うらやましいです。それなら成

果も出る気がします」
「結論を言うと、この3年間、職員は一人も退職していない。しかも、これを職場のブランディングとしているから、『もし誰か退職したら、私に最初に声をかけてください』と言ってくれる求職者もいる。日常的に評価されるというのは、つまり『承認』なんだ。『自分はここにいていい。仲間から必要とされている』という承認につながる。だから、マザーの土台作りにも寄与してくれているわけだ」
「すごいです……」
「職員同士がお互いの良いところを探して評価し合う仕組み一つで、ここまで強い組織になった。俺は職員に恵まれていることもあるが、こうした工夫をしているから、っていうのもあるかもしれない。しつこいようだが、半年に一回しか評価しないなんて、俺からするとあり得ない。日常的に評価や承認しまくる環境があって、はじめて職場は豊かに育っていくんだ」

「タカさん、でも一つ問題があります。僕の職場では、コーヒーチケットやQUOカードを職員に渡すなんて、おそらくできません。個人的には、すぐにでも取り組みたいですが、お金がかかるとなると難しい気がします……」

「おいおい、勘違いしないでくれ。お金をかければ良いってもんじゃない。こういうときこそ、クリエイティブな発想が求められる。カズは、六本木の東京ミッドタウンに大きな公園があるのを知っているかい?」

「知りません……」

「この公園には、公園の工事に関わったすべての人たちの名前を彫った石のプレートがあるんだ。役員や協賛した人たちの名前ではなく、建築や工事に関わった人たちの名前があるんだ」

「すごい人数でしょうね」

「想像してごらん。カズが公園の工事に関わっていたら、子どもとその公園に行ったとき、自慢したくならないか?」

「はい、『お父さんが、この公園を作ったんだぞ』って絶対に自慢しちゃいます!

子どもだけじゃなくて、友達にも自慢しちゃいます！」

「自慢しちゃうよな。俺もきっとそうだ。関わったみんなが、『俺がこの仕事をやったんだ。この公園を作ったのは俺だ』という、一生の宝物ができたはずだ。名前のプレートが、どれだけの人を幸せにしたのか、カズなら想像できるだろ。お金では成し得ないことだ」

「これこそ、『非金銭的な報酬』ですね」

タカさんは、ニヤリと笑った。

もし、こんな感情を持って仕事ができたら、どれだけ幸せだろう。

「お金をかけなくても、みんなにメリットがあって、楽しみながらやれる仕組みを考えてごらん」

僕は大きくうなずいた。

ステップ3にはもう一つ重要なことがあるということだったが、ずいぶん時間も経っていたので、明日また特別講義をしてもらう約束をして、僕は岐路に着いた。

ハルカのシグナル

「ユキ、ハルカ。ただいま」

　タカさんの特別講義を終えて、本当なら今すぐにでも職場に行って、教わったことを実践したい気持ちになっていた。明日になるのが楽しみで仕方ない。

　そんなテンションで帰宅した僕に、ハルカを抱っこしたままのユキが「シーっ」と指を口の前に立てた。

「今ちょうど眠ったところなの」

「ごめん……」

　ユキは「ちょっと待ってね」とハルカを寝室まで運んだ。

　そして、戻って来ると「話がある」と言う。

「ハルカね、今日、幼稚園でお友達と喧嘩したのよ」

「子ども同士の喧嘩なんて、よくあることじゃないのか。僕なんて、しょっちゅう喧嘩した覚えがあるよ」

「たしかに、喧嘩なんて日常茶飯事かもしれないのだけど……」

僕は、喧嘩が特別なことと は感じられなかった。だから、笑いながらそう言ったが、ユキは真剣な表情を崩さなかった。

「今日はちょっと様子が違ったのよ」

「様子が違った？」

「ええ。ハルカは、他の子が使っているおもちゃを奪ったりしないのよ。人の嫌がることや自分がされて嫌なことは、絶対にしないわ。でもね、今日は他の子のおもちゃを取り上げて、そのおもちゃで叩いてしまったみたいなの」

「子ども同士の喧嘩だから、そんなこともあるんじゃないのか」

「幸い大きな怪我はなかったから、先生に間に入ってもらって、相手の親御さんにも謝罪して来たんだけど」

僕は、たいした問題ではないと思ったが、ユキは困ったままの顔で答えた。

「今までこんなことはなかったから心配で……」

「オーバーに考えすぎなんじゃないか」

「それならいいのだけど……。最近、あなたも仕事が忙しくて、ハルカとの時間を作れていないでしょう。たまには、ハルカとの時間をゆっくり作ってあげてほしいの」

「ちょっと待ってくれよ。ハルカとの時間を作りたいのは、もちろんだよ。それなのに、僕だけが悪いような言い方はやめてくれないか」

僕は、ムッとした。

「そんなふうに思っていないわ。ただ……」

「もういい！」

タカさんとの楽しかった時間に冷水をかけられた気持ちになり、僕は話を切り上げて寝室に向かった。

明日のタカさんの特別講義に集中したい。

ユキを置き去りにしたまま、僕はそのまま眠ってしまった。

マニュアルの重要性

翌日、僕は定時で仕事を上がり、3日連続でタカさんの事務所に向かった。

ハルカのことが気にならないでもなかったが、それよりも「ステップ3にはもう一つ重要なことがある」と言っていたタカさんの話の続きを聞きたかった。

「特別講義も今日で最後だな」

事務所に着くと、タカさんはそう言って笑っていた。タカさんの話を聞いていると、時間の流れが異様なほど早く感じる。

「俺が経営者からよく受ける相談の一つに、『スタッフがマニュアルを読んでくれない』というものがある」

「うちも、マニュアルなんて誰も読んでないかもしれません」

「なぜ、みんなマニュアルを読まないんだろう?」

「今さらマニュアルを読んだところで、意味がないと思っているからだと思います」

「意味がないか。なるほど」

タカさんが残念そうな表情をしたので、僕はあわててフォローを入れた。

「意味がないっていうのは、マニュアルがなくても仕事ができるようになっているということです」

「言う通りだろうね。経験年数が長い人ほど、マニュアルを活用していないだろう。じゃあ、新人スタッフはちゃんとマニュアルを活用している？」

僕は何も言えなかった。

「黙るということは、新人もマニュアルを読んでいないいってことだな」

「そ、そうですね……。新人にはマニュアルを読むように伝えているんですが、なかなか読んでもらえていません」

「せっかくマニュアルがあるのに残念だな」

「でも、タカさん。マニュアルって、あまり使えない気がします。現場ではマニュアル通りにいかないことも多いですし、マニュアルばかり気にしていると、イレギュラーに対応できないようになってしまいそうで……」

「おいおい、マニュアルを舐めてないか。組織マネジメントをするうえで、マニュアルほど大事なものはないぞ」

「そんなに重要なんですか？」

「そうだ。とくに介護現場は、どこも声を揃えるように人手不足だと言っているだろ。

新しいスタッフが入れば、教える業務も発生する。一日でも早く、一人前になってもらうにはマニュアルが欠かせないんだ」

「一日でも早く一人前に……」

僕はボソッと呟いた。

「マニュアルを使っていないということは、教える側や指示を出す側の暗黙知の中で指導しているようなものさ」

「暗黙知、ですか？」

「たとえば、医療現場で『神の手』と呼ばれる医師がいることを聞いたことはないか？患者からすれば心強い存在だろう。でも、教育という視点で考えると、『神の手』と呼ばれる技術をいかに継承していくかが課題だ。『神の手』を再現できないが故に、若手が育ちにくいとも言われている。特別な技術を持っているのにもかかわらず、それらが再現・継承できないまま進んでしまうことを暗黙知という」

「教える側の感覚に頼っているということですか」

「その通りだ。教える側の感覚に頼るのは再現性がないんだ。たとえば、『トロミ茶を作って』と言われて、いつも同じトロミ茶を作れるか？」

「難しいかもしれません……」

「なんとなくの感覚で作っているから、そうなるんだ。新しいスタッフが入っても、感覚で教わったから、その感覚で教えてしまう。そして、その『なんとなく』や『個人の感覚』が継承されてしまう。そのうち、ベテランはこう言うんだ。『これが、うちのやり方です』ってな。でも、それは組織のやり方ではなく、個人のやり方だ。感覚に頼ったやり方は非効率的だから、いつも違うトロミ茶になってしまう。誰が何回やっても同じトロミ茶を作るには、マニュアルが必要なんだ」

「なんとなく、マニュアルの重要性がわかってきました」

「マニュアルを活用していない法人は、スタッフの育成スピードが異様に遅い。人手不足が顕著だからこそ、一日でも早く、一人前に育てなければならないのに、育つ前に辞めてしまうこともある。

それに、A先輩のやり方を継承すれば、B先輩は『なぜ私の言う通りにしないんだ』と思うだろう。こうなると、確執も生まれかねない。『あいつのやり方は間違っている』ってな。マニュアルを活用しないから起こるミスコミュニケーションだ」

「どうすれば、みんなマニュアルを読んでくれるようになるんですか?」

「言っただろ、そのために評価制度を構築するんだ。誰もマニュアルを読まないのは、マニュアルを使っても評価されないからさ」

「なるほど！　こういうときこそ、昨日教わったサンクスカードの出番ですね」

「その通りだ。誰もマニュアルを読まないのは、読んでも読まなくても評価されないからだ。評価されないなら頑張るだけ無駄だろ。急に主任になれと言われて、ババくじを引いた誰かさんと一緒さ」

「ちょっと、タカさん！　そんな言い方しなくても……」

「ハハハ。すまない。」

　僕らは同時に、お茶を一口飲んだ。

「マニュアルがうまく活用されないのは、大きく2つの理由が考えられる。一つ目は、組織のなかにマニュアルを活用する仕組みがないことだ。どういう人が、どういう場面で、マニュアルを活用すべきなのか。その基準が曖昧だと、素晴らしいマニュアルでも活用されない。だから、マニュアルを活用する仕組みは、オペレーションのなかで構築しなければならない」

「たとえば、どんな具合ですか」

「たとえば、『入社して1ヶ月間は、マニュアルに沿って行動してもらう』とする。そして、1ヶ月が経過して、そのマニュアル通りに行動ができるようなら、すぐに評価する。2ヶ月目以降は、さらに技術を向上できるよう、新たなマニュアルに沿った行動をしてもらう。つまり、マニュアルを活用した言動ができるように、クレドにも落とし込む必要がある」

「ここでもクレドが活躍するわけですね」

「そして、マニュアルが活用されない二つ目の理由だ。それは、マニュアルが現場レベルで使えるものではないということだ。カズの職場がどうかはわからないが、マニュアルを作る人と使う人は同じか?」

「マニュアルを作る人と、使う人ですか?」

「そうだ。よくあるのは、マニュアルを作るのは管理職。でも、使うのは現場スタッフというパターンだ。これでは作った側と使う側にギャップが生まれてしまう。現場に即したマニュアルでなければ、なかなか活用できない。作る人と使う人が一緒になって、マニュアルの作成に取り掛かることが大切なんだ」

うちのマニュアルは、いつ誰が作ったんだろう。それすらも把握していなかった。

「注意したいこともある」

「何でしょうか」

「マニュアルは一度作って、それで終わりではないということだ。現場のなかで見直す機会を設けて、実態に即しているかをチェックする必要があるんだ。活用できないものがマニュアルとして存在しても、意味がないだろう」

「そうですね」

「だから、常に見直すことだ」

「その時間もなかなか取れそうにありません」

「そうじゃない。マニュアルがあるから業務は効率化するんだ。無駄なことをさせないのが、マニュアルの良いところなんだ。なぁ、カズ。マニュアルを活字だけで作ろうとしていないか?」

「どういう意味ですか?」

「マニュアルは、活字でなければならないなんてことはない。大事なのは、現場で正しく活用されることだ。たとえば、動画だったり、音声だったり、写真だったり、どんな形でもいい。現場で活用できることが大事だから、手段はなんだっていいんだ」

うちのマニュアルは活字だらけだった。だから、活用されないのかもしれない。

「そのうちゆっくり話そうと思っていたんだが、リーダーは正しく指示を出さなければならないんだ」

「正しく、ですか?」

「『しっかりやれ』『ちゃんとやれ』と曖昧な言葉で指導することも多いが、これでは何も言っていないのと同じなんだ」

「そうなんですか、うちの職場でもそういう言葉が飛び交っています」

「しっかりやるとは、具体的にはどういうことなんだろう。何をもって『しっかり』と言うのだろう。しっかり、という言葉に対して、組織のなかで共通認識ができているか？」

「いや……」

「たとえば、母親が子どもに『横断歩道は気をつけて渡りなさい』と言うだろ。でも、『気をつけて』というのは何を指しているのか。子どもにとって『気をつけて渡る』とはどういう行動なのか。きちんと言語化しなければ、伝わるはずもないだろ」

タカさんは、さらに続けた。

「いいか、仕事は、曖昧に指示されるものであってはならないんだ。結果を出すために、何をどうすべきか。それを示すことが、リーダーの重要な仕事だ。正しい仕事の進め方をみんなに教えてあげなくちゃならない。逆に言えば、結果につながるのかつながらないのかわからない仕事をさせないことも、リーダーとして大切なことだ」

「うちはちゃんと言語化できていないことも多くて、正直、そうしたことを疑問に思ったこともなかったです。これでは結果以前の問題ですね……」

「ただ、そうは言っても一般的な企業は、売上という明確な目標があるぶん、フレームワークを使いやすいんだ。もちろん社会貢献という理念があって成り立つわけだが、社会貢献するにも盤石な経営基盤を整えないといけない。つまり、利益も追及しなければならないんだ」

「僕もその通りだと思います。でも、目の前の入居者のことで頭がいっぱいで、経営や売上に関心を持てないスタッフが大半です」

「とはいえ、カズもそれが普通だと思っているんだろ。現場なんだから、現場のことだけやっていれば問題ないって。経営のことは、経営者が考えることだって」

僕は、答えられなかった。図星だったからだ。

「思い出せよ、ステップ2を。ファザーでやったろ?」

「そうか、クレドだ!」

「そう」

「クレドに、売上について考えることも大切、と文言を入れればいいんですね!」

「ビンゴ。それに、マニュアル化を進める重要な理由は、もう一つある。スーパーマンを生まないことだ」

「スーパーマンを生まない?」

「組織のなかにカリスマと呼ばれる人がいたとする。何をやっても影響力を持つ人だ。短期的に見れば、カリスマと呼ばれるスーパーマンがいることで助けられることも多いだろう。でも、スーパーマンがいなくなったら組織はどうなる?」

「僕の前任の主任が、まさにそんな感じでした。仕事もバリバリできたし、スタッフにも入居者にも愛されていました」

「そんな素晴らしいスタッフが抜けると、組織はめちゃくちゃになるだろ。苦労したのは、残されたメンバーだったはずだ」

僕は何も言えなかった。

「スーパーマンはいらないというのは、存在を否定しているわけではない。彼らのおかげで、笑顔が生まれるのも事実だからな。ただ、一人ひとりの力が集って成立するのが仕事だ。誰か一人が抜けたことでおかしくなってしまうようではダメなんだ。だから、誰がやっても同じようにできる体制や仕組みを作る。これこそが、リーダーの大切な仕事だ」

「タカさんの言うことはわかります。でも、もしマニュアル化が進んだら、僕が主任として存在する必要性ってあるんですか?」

タカさんが意地悪で言っているわけではないことは理解している。ただ不安だった。

「誤解するな。カズのために仕事があるんじゃない。仕事をするうえで、カズの存在が必要なんだ。カズの仕事はなんだ？　介護だろ？　入居者さんにたくさんの幸せを提供するのが仕事なんだろ？　クライアント先の入居者の家族が、以前こんなことを言っていた。『ここの施設は、いつも職員が入れ替わる。スタッフはみんな、つらそうな顔をしている』って」

僕は涙をぬぐった。

「これを聞いて、どう思う？　入居者が求めているのは、スタッフの幸せだってことさ。スタッフが入居者の幸せを願うように、入居者もカズたちの幸せを願っているんだ。そのことに気づいているか？」

わかっていなかった……。

「俺はどんなことがあっても、お前の味方だ。どんなことがあってもカズはカズじゃないか。自分の存在意義を疑いたくなる気持ちはわかる。俺だってそうさ。でも、シンプルに考えたらいい。今、目の前の人が笑っているのかどうか。それだけでいいんだ」

「タカさん、それでもやっぱり僕は認められたいです。『頑張ってるね』と言われたいです。それをモチベーションにしてきました。でも、主任になった今は、誰からも認められていない気がしてなりません。部下からはつつかれ、上司からは叱られます」

「だからこそ、自分自身と向き合うんだ。目を背けることなく、壁を乗り越えたその先に待っているものは何だと思う？」

「その先に待っているもの？」

「乗り越えた壁は、いつか自分を守る盾になる。それは自分を信じる力であり、仲間を信じる力だ」

タカさんは僕の肩に手を置いて優しく言った。

「カズ、お前なら大丈夫だ」

入居判定委員会

タカさんの特別講義から数日後、僕はクッシュボールを使ってＧｏｏｄ　＆　Ｎｅｗをはじめた。同時に、スタッフの誕生日には「バースデー・サークル」もするようにした。みんなで寄せ書きをした色紙をプレゼントすると、驚いたことに、涙を流して喜んでくれるスタッフもいた。

田島師長は「またワケのわからないことをはじめて」と嫌味を言っていたが、教わったことを実践することで、何かが変わっていく手ごたえを感じていた。

その一方で、不安が膨らんでいるのも正直な気持ちだった。このままマニュアル化まで進んだら、僕は用済みになってしまうのでは……。

主任という経験もなく、ワケもわからず今に至ったのが本当のところだ。そのうち必要とされなくなる気がして、言いようのない不安が押し寄せていた。

それでも教わったことを取り入れていくのは、今しかない。太田さんの入社以降、現場は少しずつ回るようになっていたからだ。

太田さんはさすがに介護職として15年以上のベテランだけあって、僕たちが当たり前にやっていたことに対して、さらに良いやり方を積極的に提案してくれていた。施設にとって、彼女はなくてはならない存在になろうとしていた。

ただ、太田さんのことで気になることもなくはなかった。彼女がたびたび口にする「こんなこともできていないんですか?」という言葉だ。

こう言われるたび、胸がざわめいた。このざわめきは何だろう……?

そのことが気になっていたタイミングで、急遽、太田さんのいる3階の現場に入ることになった。パートスタッフのお子さんが、体調不良で学校を休むことになったためだ。

3階フロアは認知症の方が多いフロアだが、太田さんが入社してからは任せきりになっていた。

そして、この日、僕は驚くような光景を目の当たりにした。

太田さんが大きな声で入居者さんに何かを説明していたのだが、それは説明というより怒鳴っているようだった。

「テル子さん、同じことを何度も言わせないでください!『ここに座っていて』と言っているでしょう。いいですか? テル子さんはここに座っていて! 動かないでください」

「ほら、源次郎さんも！　あなたは転ぶと大変だから車椅子で移動してください。何度も同じことを言わせないでください！」

僕は、あわてて太田さんを呼び止めた。

「お、太田さん。そんな大きな声を出して、どうしたって言うんですか？」

「入居者さんが安全に暮らせるようにお話ししているだけですよ。何か問題でもありますか？」

僕は頭をかいた。困ったときに出る僕の癖だ。

「ちょっと、こちらへ来てもらえますか？」

給湯室へと場所を移した。

「……いや、あんな大きな声で言わなくてもいいじゃないですか。怒鳴っているように聞こえます」

「そうですか。耳が遠い入居者さんなので、聞こえるようにお話ししているだけです。怒鳴っているつもりなんてありません。もし怪我でもしたら、それこそ大問題ですよね。そうならないために、私はちゃんと現場を見ているつもりです」

太田さんの語気は荒く、僕を見る目は見開いていた。

「たしかに怪我のないように過ごしてもらうことは大切だと思います。でも」

「じゃあ、何ですか！　理念にもありますよね、安全第一って。理念通りの行動なのに、何が問題なんですか。それとも、カズさんは理念を否定されているんですか？」

「そうではなく、もっと穏やかに話せませんか。僕には怒鳴っているように見えました」

　太田さんはさらにヒートアップした。

「だから！　怒鳴ってなんかいません！」

　そのときナースコールが鳴り、太田さんはその対応へと向かった。タイミングが良かったのか悪かったのか……。僕は、思わずため息をついてしまった。

　ふと誰かの視線を感じて振り向くと、カヨちゃんだった。話しかけようとすると、なんだか気まずそうに視線を外して、入居者さんのケアに向かっていった。

　それにしても、太田さんがあんなに感情的になっている姿を見ると戸惑ってしまう。僕は、彼女の何が問題かを言葉にできなかったが、おかしいことは間違いない。たしかに、安全を守ることは大切だ。でも、それ以前に「何か」が欠けている。そんな気がしてならなかった。

　このときに感じた違和感は、それから数日後に開かれた入居判定委員会でさらに膨らんだ。

入居判定委員会は施設に入居申し込みしている待機者の中から、次の入居者を決定する大事な会議だった。

僕の他に看護師長の田島さん、3階からは平田くんと太田さんも出席した。事務長の林さんは出張のようで欠席だった。司会進行は、吉川施設長が務めていた。

「要介護認定5、胃瘻あり、夜間帯も喀痰吸引の必要あり。ご家族は高齢の妻のみ」とアセスメントし、「次の入居者は、この方で確定します。ご家族へは、相談員から連絡をお願いします」と吉川施設長が言った。

僕らの施設は要介護度の高い方や、家族に介護力がない方を優先的に受け入れていた。これは、特養の運営上、とても大切なことだった。

吉川施設長が「では、これで終わりとしましょう」と入居判定委員会を終わろうとしたとき、太田さんが手をあげた。

「ちょっと待ってください。今、このような医療依存度の高い方を受け入れると、現場はまわりません。もう少し手のかからない元気な方を入居させてもらえませんでしょうか?」

その場がシーンとしたが、吉川施設長が第一声を切った。

「太田さんの気持ちはわからないでもないが、社会的困難な方を受け入れるのが、我々特養の使命でもあるんだ」

「でも、これだけ人手不足なのだから、重度な人を入居させたら、私たちの身が持たないわ。前から言っているでしょ」

田島師長が口を挟んだ。太田さんに賛成のようだ。それにしても、田島師長の言い方は、いちいちトゲがある。

そこに平田君も入ってきた。

「太田さんや田島師長の言う通りっすよ。人手が足りないのに、医療依存度の高い方を安全に受け入れられるんすかね。あ、その人が嫌とか、そういうことじゃないっすから」

自分を擁護するような言い方に僕はイラッとした。

「寿苑の理念にもありますよね、安全第一って。安全を担保できないのに大丈夫なんですか。事故があっても責任を持てません！」

太田さんが強い口調でそう言った。

僕は、主任として、ここで意見を言わなければならないと感じた。いや、主任という役職の問題じゃない。介護職としての誇りの問題だ。

「太田さん、たしかに人手不足が続いています。どのスタッフも余裕がなく、バタバタしているのは知っています。でも、だからといって、僕たちの都合で入居する人の優先順位を操作するのは、特養の社会的理念から外れてしまっていると思います」

「じゃあ近藤さんは、私たちスタッフより、入居者を優先するということですね？」

僕は違和感を覚えた。これまで太田さんは、僕のことを「カズさん」と呼んでいたのに、今回は「近藤さん」と呼んだ。あえて使い分けているのだ。感情的になりながら、冷静さも持っている。

僕は太田さんと敵対したいわけではなかったが、今こそ、リーダーとして正しい道を示すことの重要性を感じていた。

もしかすると、太田さんと敵対することになるかもしれないので正直怖い。僕は震えていた。その震えは、恐怖からなのか緊張からなのか、わからなかった。

一呼吸を入れ、僕は話をはじめた。

「スタッフと入居者さんのどちらを優先するということはありません、両方大事です。現場の大変さは続くかもしれませんが、でも、みんなで協力し合って、知恵を出し合って、助け合っていきたいと考えています。僕は、自分たちの都合で困っている人に手を差し伸べないのは、本質的な運営ではないと思います」

言い終えたとき、震えは治まっていた。

「……わかりました。施設長も同じ考えでよろしいでしょうか？」

太田さんは、吉川施設長に目を向けた。

「そうですね。近藤くんが言うように、私たちは私たちの使命を全うしよう」

「わかりました。では失礼します！」

そう言い捨て、太田さんは会議室から出て行ってしまった。

静まり返ったなか、平田君が口を開いた。

「太田さんの気持ちもわかります。カズさんの気持ちもわかります。どっちが正しいなんて、俺にはわかんないっすけど、こういうギスギスした雰囲気は嫌っすね。昔の寿苑みたいっす」

昔の寿苑みたい……。たしかに、僕もそれを感じていた。

彼が入社した5年前は、ここで働くみんなが疲弊していて、職員同士の言い争いも絶えなかった。6人いた平田君の同期は3ヶ月もしないうちに誰もいなくなったのだ。

そんな5年前と同じ状況が再び起こっている。ひょっとすると、あのとき以上にひどいのかもしれない……。

暗い気持ちのまま会議室を出ると、太田さんが大きな声で他のスタッフに、入所判定委員会の内容を話していた。

僕は、急いで止めに入った。

「ちょっと、太田さん。入所判定委員会で確定したことは、きちんとした手順で報告するので、みんなが不安がるようなことはやめてください」

「そうですか、以後、気をつけます」

太田さんには期待していたぶん、なんだか裏切られた気持ちになった……。


翌日、僕は吉川施設長と林事務長から呼び出された。

「カズくん。昨日のことは施設長から聞いたわ。太田さんがそんなに感情的になってしまうなんてね……。なぜ、彼女が怒ったりしたか、心当たりはない？」

僕は首を横に振った。重い空気のなか、吉川施設長がボソリと言った。

「面接のときには、そんな子には見えなかったんだが」

林事務長も続いた。

「私もです。介護職として15年以上も経験があるベテランですし、申し分ないキャリアだわ。ただ、コミュニケーションに問題があるのは心配ですね。そう言えば、彼女、面接のときに言っていたわ。お母さんが厳しい方だったって。それが影響しているのかしら……」

僕は、黙ったまま聞いていた。

「カズ君、一度、彼女と個別に面談してくれない？　太田さんと2人で話してみてほしいのよ」

「え、僕がですか⁉」

「あなた主任でしょ。主任のあなたがスタッフの気持ちを理解しないでどうするのよ」

そう言われると、言い返せない……。

「わかりました」と渋々答えたものの、気持ちは沈んだままだった。

せっかくＧｏｏｄ　＆　Ｎｅｗをはじめて、チームの雰囲気が良くなったと思っていたのに、現実は何も変わっていなかったのかもしれない。

僕はイライラしていた。みんな、勝手すぎる。どうして、僕だけがこんな大変な思いをしなければいけないんだ。

＊

気持ちを切り替えられないまま、僕は帰宅した。もう22時を過ぎているので、ハルカはとっくに寝てしまっているだろう。案の定、家の中は真っ暗だった。食卓に目をやると、ご飯の作り置きがなかった。冷蔵庫を見ても何もない……。

そのとき、ユキが寝室から出てきた。ハルカの寝かしつけをしていたら、一緒に寝てしまったと言う。

「僕のご飯は？」

「ごめんなさい。たいしたものはできないけど急いで作るわ」

「今から作るの？　なんで作っておいてくれないの？」

「ごめんなさい、今日もハルカの幼稚園でいろいろとあって……」

「なんだよそれ！　俺のことはどうでもいいような言い方だな！」

「今日は、バタバタしてしまって」

ユキの言葉を遮って、僕は「もういい！」と家を飛び出した。

いったい誰のために遅くまで仕事を頑張っていると思っているんだ……。

誰にもわかってもらえないもどかしさをどうしたらいいのか、僕はわからなかった。

採用広告の反響ゼロ

ユキと顔を合わすのが気まずくて、次の朝はいつもより2時間以上も早く家を出た。

7時前に事務所に着いた僕は、誰からも認めてもらえない虚しさを抱えながらも、タカさんから教わったことを思い返していた。どれだけうんざりしたところで、逃げ出すわけにもいかないのが現実だ。

それに現場の雰囲気が良くなることで、僕の頑張りを認めてもらえるかもしれない。淡い期待が、僕のエネルギーになっていた。

もっとスピードを上げて、マネジメントに取り組まなければいけない。そのために、僕は「サンクスカード」の導入を吉川施設長と林事務長に掛け合っていた。

本当ならタカさんの会社のように、シールが貯まったら、コーヒーチケットと交換したかったのだが、林事務長からはやはり許可が下りない。

それで、シールが貯まったらサンクスカードを玄関ホールに貼り出すというのが、僕の案だった。こうすることで「これって何?」「素敵な取り組みだね」などと、ご家族や入居者さんたちと会話が増えることを期待していた。

この取り組みの一方で、やはり新しい人材を入れなければいけないと感じていた。タカさんは人材採用よりもマネジメントが優先と言っていたが、入居判定委員会であれだけ人手不足という意見が出た以上、何もしないわけにはいかない。

どうすれば採用とマネジメントのバランスが取れるのか。そんなことをぼんやり考えていたところ、突然、事務所のドアが開いた。太田さんだった。

今日の彼女は日勤だから、僕と同じ9時からの勤務だったはず。ところが、2時間も前に出勤して来たのだ。

予想外のことで「お、おはようございます」としどろもどろになってしまったが、太田さんは僕を見るでもなく、「おはようございます」と言って、3階フロアへ上がって行った。

入居判定委員会のことをまだ引きずっているのだろうか……。

9時になり、みんなが出勤して来た。僕は「一刻も早く、採用をかけたい」と吉川施設長と林事務長に相談し、インターネットの求人で一番大きな『アウトディード』に採用広告を出すことが決定した。

吉川施設長が付き合いのある広告代理店に連絡を取ってくれ、その日のうちに営業担当の横山という男がやって来た。

彼は誰とでもすぐに打ち解けられるコミュニケーション能力の持ち主で、ムダにテンションが高かった。

「施設長、いつもありがとうございます。電話で伺いましたが、介護職員さんの募集ですか?」

「そうなんです、採用したばかりの職員と連絡がつかなくなってしまって。早速ですが、主任を紹介するので、彼と準備を進めてください」

吉川施設長は、僕を横山さんに紹介した。

「はじめまして。近藤カズと言います」

「はじめまして、横山です！　いい職員さんを採用できるように、一生懸命頑張ります！」

僕はこの高いテンションについていけるか不安になった。彼のペースに飲まれないように……と警戒した。挨拶を済ませると、吉川施設長は「あとは2人に任せるから」と施設長室に戻ってしまった。

「私のクライアント先でも介護施設はたくさんあり、同じ課題を抱えていらっしゃる法人様は多いですからね。私がサポートした法人様で、うまくいったケースもありますので、そちらも共有させていただきます」

「早速ですが、僕は採用にかかわる仕事は初めてなんです。何をどう進めていったら良いのか理解していなくて……」

「大丈夫ですよ、近藤主任。しっかりとサポートしますから」

横山さんの「大丈夫ですよ」という言葉にホッとしつつ、主導権を握られないように注意した。横山さんが続ける。

「これは僕のクライアントが過去に出した採用広告です」

横山さんは、机の上にバサッと10社ほどの施設の資料を広げた。どれも色鮮やかでデザイン性も高く、「これならすぐに応募者も集まりそうだ」と期待が広がった。

「たとえば、これ！　最近は『アットホームな職場です！』とか『家族のように、スタッフ同士が仲良し！』とか、こういう表現がトレンドですね。人間関係が良さそうな職場って感じがしませんか？　ほら、こちらの法人さんでも同じ表現を使ってますよね。だから、これは絶対に入れたほうが良いです！」

「そうですね。人間関係が良いとか、あたたかい職場とか、そういう方向でPRしたいです」

「そうでしょ！　であれば、『アットホームのような』的なトレンドの表現で、明るい雰囲気のページにしましょう！」

「そのイメージでいったん構成を作ってもらえますか？」

「もちろんです。３日以内にまた連絡します！　いい採用広告にしましょう！」

そして、３日後。

「近藤主任、かなり良い広告ページができあがりました！　これ、見てください！」

横山さんが施設にやってきた。

「たしかに良い雰囲気ですね、『アットホーム感』がしっかりと出ています。今日の夕方にミーティングがあるので、早速確認します。みんなの意見も聞いたうえで、あらためて連絡しますね」と横山さんに伝えた。

その後、ミーティングでみんなから意見をもらうと、「良さそうですね」「これなら応募者たくさん来ると思います」と、かなり前向きな意見が出たので、僕はホッとした。

それから１週間ほどで、ネットの採用広告を出すことができた。職員のみんながたくさんの応募があることを期待していた。

僕は電話がなるたび、「応募の問い合わせでは！」とドキドキしていた。ところが、１週間経っても２週間経っても応募者からの問い合わせはなかった。

*

結局、ネット採用広告を一ヶ月掲載したにもかかわらず、反響はゼロに終わった。

横山さんの言う通りにやったのに、なぜうまくいかなかったのか理解できなかった。

失敗する理由が見当たらなかったのだ。

それは、林事務長も同じだった。期待していただけに二人して落胆した。

そのとき、電話が鳴った。

求人の問い合わせかと期待して受話器を取ると「こんにちは、広告代理店の横山です！　近藤主任をお願いします！」というハイテンションな声が聞こえてきた。

「……近藤は、僕です」

「お世話になっております！　採用広告の反響はいかがでしたか！」

大きなため息をついて、僕は答えた。

「まったく反響はありません。問い合わせも1件もありませんでした」

「それは残念でしたね！　とても良い広告だったと思うのですが、もしかしたら、広告を出すタイミングが悪かったのかもしれませんね！　どうですか、もう一度出してみませんか？」

イラッとした。「なぜ問い合わせが一件もなかったのか」「次の対策はどうしたら良いのか」を考えてほしいのに、単に「広告を出すタイミングが悪かった」というだけでしかいない……。

僕たちは悩みながら採用活動に取り組んでいるけれど、彼はそうではないようだ。応募がなかったのは、もちろん彼のせいではないだろう。たしかに、タイミングが悪かっただけかもしれない。それでも、僕は、横山さんが自分の営業成績のことしか考えていないように思えてならなかった。

「今回は、ありがとうございました。僕たちとしては、とても残念な結果になりました。なぜ、このような結果になったのかを検討し、改善できるように取り組みたいと考えています。本当にタイミングだけの問題だったのか、きちんと考えてみます。そして、対策案として、またネット求人を依頼することがあれば、お力添えをいただくかもしれません。その際は、よろしくお願いします」

僕は怒りと悔しさを抱えたまま電話を切った。

その怒りと悔しさは、僕自身に向いていた。彼に依存して任せきってしまったこと。自分で考えるべきだったこと。広告がうまくいかなかったのは、僕に責任があると猛省した。

それは、僕自身を裏切る行為だったのかもしれない。スタッフや仲間を大切に思うなら、行動で示さなければならない。でも、そうできなかった。いや、しなかったのだ。なんて情けない主任なんだろう……。

「カズ君。チャンスはまだあるわよ。今回うまくいかなかったけど、これで終わりじゃないわ。むしろ、このやり方ではうまくいかないことがわかったじゃない？　それだけでも進歩だわ。同じことを繰り返さないことよ。へこたれている時間なんてないわ」

林事務長が僕の肩に手を置いて、慰めてくれた。

たしかに、これで終わりじゃない。結果を出すためには、うまくいかなかった原因を見つけなければならなかった。

採用広告でのミス表現

「カズ、それは大変だったね。それで、新しい採用戦略を練り直しているわけだな」

お世辞にも綺麗とは言えない屋台に、僕とタカさんは来ていた。タカさんは「ここのおでんが絶品なんだ」と言いながら、オヤジに牛櫛、つくね、はんぺん、がんもを頼み、僕も同じものを頼んだ。

「採用って難しいですね。正直なところ、一人くらいは応募があると思っていました」

「どこの事業所も採用には苦労している。ただ、採用は企業の命そのものなんだ。だから、採用がうまくいかないというのは、命が途絶えるようなものだ。とはいえ、ここで判断を誤ると、応募者にとっても採用者にとっても、悪い結果を生むことになる」

「正直、焦っています……」

「ちなみに言うと、広告代理店は、営業のプロであって、求人のプロではない」

「どういうことですか?」

「彼らは、Ｗｅｂ媒体の求人に特化したノウハウを持っているわけじゃないんだ。彼らに求められていることは、求人数を増やすことではなく、求人する企業の数を増やすことだ」

「そんなの詐欺じゃないですか！」

酔いの入り口か、僕は怒りを露にしてしまった。

「もちろん、すべての代理店がそうだとは言わないが、採用に特化しているとは言えない代理店が多いことも事実だ。今回の代理店がどうかは知らないが、依存しすぎても良くないだろう」

「どうやったら見抜けるんですか？」

「自分で確認することだな。そこを面倒臭がらなければ眼を養っていける。相手に利用されるのではなく、相手を利用する。これが鉄則だ。」

もうもうとした湯気が屋根から上がり、酔いのせいだろうか、気が遠くなった。その眼を僕は養っていけるのだろうか……。

「ところで、カズの法人が出した求人サイトを見せてくれないか」

持っていたスマホで見てもらうと、タカさんはしばらくした後、独り言のように呟いた。

「なるほどね……」

「ダメですか？」

「『アットホーム』や『家族のような』という表現は、みんな大好きなんだ。ムダに使いたがる。でもな、実は一番やっちゃダメな表現なんだ」

僕は、耳を疑った。

「え！　でも、代理店の人が、トレンドだって言っていましたよ」

「よく聞けよ。採用がうまくいっている法人なんて一握りで、どの法人も人手不足なんだ。ほとんどがうまくいっていないのに、それをマネをしてどうするんだ。広告代理店の言う通りにするから、そうなるんだよ。カズの勉強不足だな」

「そんなこと言わないでくださいよ。僕なりに悩みながら、みんなと相談して決めたことなんですから」

「そうだな。反省しているようだし、説明しよう。よく聞けよ」

急いでノートとペンを鞄から取り出して、メモの準備をした。屋台のオヤジが僕らをまじまじと見て、「何かはじまるのかい？」とニヤリとした。

「まず聞くが『アットホーム』とは、何をもってアットホームなんだろう？　『家族のように、みんな仲良し』とは、どういう意味だろう？」

「人間関係が良いと伝えたかったのですが……」

「じゃあ、カズがこの採用広告を見たとき、応募しようと思うか？」

「……何となく人間関係を大切にしていることはわかりますが、これだけだとわからないので、とりあえず保留にして別の求人を探すと思います」

「だよな。応募者からすると、働くことがイメージできないんだ。仮にカズの職場で働くとして、どんな仕事があるのか、どれだけ成長できるのか、給与や福利厚生はどうなのか、他にどんな職員がいるのか。そういうことがイメージできないんだ。『アットホーム』や『家族のような』と広告で謳っても、求職者に響かないのは当然だろう。響かないから、応募するという行動に移せないんだよ」

タカさんは、話を続けた。

「もう少し応募者目線で考えてみようか。仮に、採用広告が目に留まったとする。すると求職者は次にどんな行動をすると思う?」

応募するつもりになってイメージしてみた。

「その会社のホームページを見ると思います。そして、どういう会社かをチェックします」

タカさんは大きくうなずいた。

「俺でもそうする。そもそも広告だけで、すべてを伝えることは難しいんだ。となると、もっとその会社について知りたい人は、ホームページをチェックするはずだ。つまり、採用広告とホームページの導線がしっかりしていれば、応募はあるだろう。

ところが、ホームページに理念を掲載していなかったり、ブログが何年も更新されていなかったりすると、応募しようとは思えない。応募者だって馬鹿じゃない。その法人が、どんな理念を掲げ、その実現のためにどんな活動をしているか。それを知りたいと思うのは当然だろう」

僕の施設は普段から、そうした活動をしているわけではなかった。つまりそれは、僕らの取り組みを知ってもらう機会がないということだ。これでは、寿苑で働いたときのイメージが湧くはずもない……。

「タカさん、ホームページは大切ですね……」

「だが、ホームページがあれば良いという単純な話でもないんだ」

「どういうことですか？」

「ホームページは手段でしかない。目的は、法人の姿をありのまま周知すること。それが大切だ」

「ありのまま、ですか？」

「普段どういう取り組みをしていて、どんな職員がいて、勤務体制はどうで、どれだけ公休数はあるのか。給与形態や組織風土はどうなのか。さらに言えば、研修体制や表彰制度はどうなのか。そもそも応募から採用までのプロセスはどうなっているのか。応募者はこういうことを知りたいんだ」

「それだけ知れたら、たしかに安心です」

「逆に、こういうことが書いていないと、内情がわからない状態で応募することになる。たまたま良い法人ならラッキーだが、そうでなければ辞めるしかない。就職という自分の人生の岐路で、そんなギャンブルみたいなことをする人はまずいないだろう。つまり、ありのままを日頃から周知しているかどうかで、採用戦略での結果は雲泥の差が出る」

僕らには採用の戦略も戦術もなかった。これではダメだ……。

「さらに付け加えると、『アットホーム』や『家族のようにスタッフ同士が仲良し』という表現は危険でもあるんだ」

「き、危険ですか?」

ドキリとした。

「まだ、ビビらなくても大丈夫だ。医療や介護の業界は人手不足だから、残業のある法人も多い。しかも、相手にしているのは生身の人間だ。ロボットが相手じゃないから、イレギュラーなこともあるだろう。こうした現実があるのにもかかわらず、『アッホーム』や『家族のように仲良し』なんて表現を使うと、それをネガティブに捉える人もいるんだ」

「たとえば、どんな人ですか？」

「みんなが残業している状況だと、仲間だから、家族だから、私も残業しなければいけない……と捉えてしまう人がいるんだ。もちろん、大変なときや忙しいときには、助け合わなければならないだろうが、日常的に忙しい法人というのは、残業を無意識下で強制しているんだ」

僕には、タカさんの言っていることが今ひとつ理解できなかった。

「たとえば定時で帰ろうとしても、仲間や上司が残っていたら、どんな気持ちになる？気を遣って残業したことはないか？　とくに、上司が残っていると、先に帰るのも難しいだろう。アットホームで、みんな仲良しだからこそ気遣いをさせて、残業を助長する心理戦がはじまるんだ」

そういう場面は、これまで何度もあった。自分の仕事は終わったのに、他の人を手伝って、1時間以上も残業したことだってある。

そして、「残業している人ほど頑張っている」という評価もあった。定時で帰ろうものなら、「あの人は、定時で帰るんだ」という目で見られかねなかった。

「採用以前にやらないといけないことが多いですね……」

「だから、採用よりもマネジメントが優先だと言ったろ」

「はい……。タカさん」

「どうした?」

「さっき、『まだ、ビビらなくても大丈夫』って言いましたよね」

「カズは勘が鋭いな」

「まだ、ということは……」

「さらに重要なことがある」

「やっぱり……」

「『アットホーム』や『みんな仲良し』といった表現に惹かれて応募してくる人というのは、得てして、家庭に問題を抱えている人が少なくないんだ」

「どういうことですか?」

僕はまた混乱した。家庭の問題を抱えた人が応募しやすいとは……?

「たとえば、『家族のように、みんな仲良し』と謳った場合、家族関係がうまくいっていない心の寂しさを職場に投影する人が応募してくるんだ。寂しさを埋めるために、職場に自分の居場所を見出そうとする。仕事を楽しむことは素晴らしいことだが、一方で、寂しさを埋めるという目的のために、仕事という手段で、自分の人生を歩もうとする。つまり、自分を癒すことを第一優先で仕事をしてしまうんだ」

「自分を癒す?」

「そうだ。応募するくらいだから、高齢者が好きだったり、介護の仕事をしたかったりという気持ちは本当だろう。でも、本質的には、自分の心の傷を癒すことにフォーカスしているんだ。身近にいる家族やパートナーとうまくいっていない人が、赤の他人である高齢者と信頼関係を結べると思うか?」

「難しいと思います」

「そうだな。逆に言うと、身近な人としっかりと関係を育める人は、介護や医療の現場でも、愛情を持って、利用者や仲間たちに接することができる。とくに親子関係や夫婦関係がうまくいっていると、心から愛情を持って他者と関わることができる傾向にあるんだ。まわりから必要とされているという安心感がライフワークの土台にあるからだ。この安心感があると、愛情いっぱいに、私生活も仕事も充実した人生を歩むことができる」

僕は、タカさんに今の気持ちを正直に伝えた。

「正直、びっくりしています。トレンドと言われる表現を使うことが、こんなにたくさんのリスクにつながるなんて」

「採用は簡単じゃない。でも、だからこそ、やりがいがあるんだ。ただ、最初からうまくいくことを期待しちゃいけない。試行錯誤しながら、自分たちなりの採用方法を見つけるんだ。そのためには経験だ。うまくいってもいかなくても原因を探して、改善し続けることさ」

タカさんはホームページのリニューアルにあたって、応募者がイメージしやすいようにと、研修体制や採用条件、職場の雰囲気など、何を記載するといいかを僕のノートにメモしてくれた。

僕はそれに加えて、次のような項目も入れるつもりだ。

1　募集選考のプロセス
2　契約ステータスの選択
3　就業場所の選択
4　労働時間の選択
5　評価・賃金制度
6　業務環境の整備

7　教育研修体制
8　組織風土

「ところで、カズ。トレンドの表現を使うリスク以外に、何か気づいたことはないか」

「え？」

「他に気づいたことさ」

「いや……」

「そうか、それならいい」

　タカさんの口ぶりからすると、僕にはまだ気づけていないことがあるようだ。

　それが何か気になったが、それでも求人のことでへこたれていた僕は、タカさんに勇気をもらっていた。ホームページのことは、明日にでも林事務長に相談しよう。僕にもやれることは、まだまだありそうだ。

＊

　帰宅すると、今日もユキとハルカは寝てしまっていた。

ここしばらく、ユキとまともに話もできていない。あの日、ユキに怒鳴ってしまってから、すっかり会話がなくなってしまったのだ。

「悪いことをした」と思いつつも、素直に謝れない自分もいた。

ハルカは元気に幼稚園に通っているのだろうか。

寝ているハルカの布団を直そうとしたとき、ハルカの腕に小さな痣があることに気がついた。どこかでぶつけたのかもしれない。

その夜はあまり気にも留めなかったが、これが後々とんでもない事態に発展していくことになる。

幼少期の兄弟の関係性

「これを見てください。うちのホームページです」

　翌日。僕は朝一番で、林事務長にホームページのリニューアルについて相談を持ちかけた。

「ひどいわねぇ。ほら、ブログなんてもう8年以上も更新されていないわ」

「事務長、心機一転、ホームページを新しいものにしましょう。元気が出るような明るいものにしたいです」

「ずっと更新していないし、新しいものを作ってもいいかもしれないわね」

「ブログも定期的に発信できるように工夫します。日頃、僕たちがやっている活動を発信していきたいです」

「そうね、思いを伝えられるような、そんなホームページがいいわ」

　新しいことをはじめようとすると、いつも反対する林事務長が、前向きなことが意外だった。

　林事務長はリニューアルについてのアイディアをいくつも出してくれたうえに、参考にしたい別法人のホームページも教えてくれた。

「すごいですね。他の法人のホームページまでよく知っていますね」

「そのうちリニューアルしたいと思って、ときどきチェックしていたのよ」

「そういうことだったんですね。参考にさせていただきます」

「そうだ、カズくん。太田さんの面談、よろしくね」

太田さんとは、あの入居判定委員会以降、挨拶くらいしかしていなかった。このタイミングで念を押すところが、林事務長の抜かりないところだ。

僕は自分の机に戻って、スケジュールを確認してみた。

正直なところ、忙しいといっても、やろうと思えばいつだって面談くらいできた。ただ、きっかけがほしかった。普通に「面談しましょう」と言ったのでは、太田さんも身構えてしまうだろう。

何かいい方法はないかと思案していると、スタッフルームから罵声のような怒鳴り声が聞こえてきた。

「何度言ったらわかるの！　昨日も言ったばかりじゃない！」

スタッフルームに集まっているみんなをかき分けると、そこには太田さんとカヨちゃんがいた。

「何度も同じことを言わせないでよ！　これだから、近藤さんの指導を受けた子は甘いのよ」

太田さんがカヨちゃんに向かって怒鳴っている。

「ちょっと、何があったんですか！　みんなびっくりしているじゃないですか。あとは僕に任せて。心配かけたね」

他のみんなを業務に戻らせ、太田さんとカヨちゃんの3人だけになった。

「どうしたって言うんですか？　カヨちゃんが何かしたんですか？」

「また私が悪者ですか。私は、この子がいつまで経っても簡単な仕事もできないから、注意しただけです」

「カヨちゃん、何か失敗でもしたのかい？」

カヨちゃんは泣いていて、返事すらできない状態だった。

「仮に失敗したとしても、そんなに怒鳴ることないじゃないですか。最近の太田さんは怒ってばかりですよ」

冷静になるように促したつもりだったが、太田さんはますますヒートアップした。

「私のことなんて何も見ていないのに、何がわかるって言うんですか。全部、私が悪いみたいな言い方しないで！」

そう言って、太田さんは出て行ってしまった。

どうしてだろう、Ｇｏｏｄ ＆ Ｎｅｗやバースデー・サークルで、マザーの土台を築き上げようとしているのに、どうしてギスギスしたことが起こるんだ……。サンクスカードだって、林事務長を説得して、なんとか導入できたというのに……。

苛立ちを抑えようと深呼吸をして、僕は詳しく事情を聞くために、カヨちゃんと2人になれる場所へ移動した。

「少しは落ち着いた？　これ、コーヒー。これでも飲みながら、ゆっくり話そう」

カヨちゃんも、少しは落ち着いてきたようだ。

「ありがとうございます」

「いったい何があったのか教えてくれないかな」

「……何か失敗したとかでは、本当にないんです」

「それなのに、あんなに太田さんは怒っていたの？」

「……」

「失敗することは誰にだってあることだから、隠さなくていいんだよ」

「本当に失敗とかではないんです！」

「……少し前まで、太田さんは私のことを妹みたいに可愛がってくれていました。私も、太田さんのことをお姉ちゃんみたいに思っていたんです」

「そっか」

「僕も二人は仲良くやっていると思っていたよ」

「ただ、最近になって、急に当たりがキツくなって。あんなに怒鳴られたのは初めてでした……」

カヨちゃんは、コーヒーを飲みながら話を続けた。

「この前、入所判定委員会の後に、カズさんが太田さんに注意していましたよね？まだ余計なことは言うなって」

「きちんとした手順を踏まないと、みんなが不安になってしまうからね」

「私、それを見ていたんです。太田さんがカズさんに注意されるところを」

「それがいったい？」

「そこからなんです。太田さんが私にキツく当たるようになったのは」

「え……ちょっと待って。それが、2人の関係が悪くなる原因とは思えないけど」

僕が太田さんを注意した。その場面を、たまたまカヨちゃんが見ていた。その後、太田さんはカヨちゃんに厳しい態度を取るようになった。

僕にはまったく理解できなかった。

「これは私の直感というか、本当に感覚なんですけど……」

「話してみて」

「はい……、私に嫉妬しているような、うまく言えないんですけど、そんな気がします」

「嫉妬⁉　カヨちゃんに？」

「本当に直感なんですけど……」

「わかったよ。カヨちゃん、話してくれてありがとう。困ったことがあったら遠慮なく言ってね。いつでも相談に乗るから」

僕はますます混乱してしまい、そう伝えるのが精一杯だった。

ステップ0：怒りと悲しみの解放

「ところで、太田さんだっけ？　その怒っていた人」

　ここ数日、タカさんとよく会うようになっていた。

「そうです。採用面接のときとは想像できないくらい変わっちゃいました。仕事も完璧にこなすし、爽やかに挨拶もするし。人間関係も問題なさそうに見えたんですけど」

「それで、誰に怒鳴ったんだい？」

「カヨちゃんという、僕が可愛がっているまだ2年目の子です」

　タカさんの表情が真剣になった。

「カヨちゃんは、愛想が良くて、みんなに可愛がられるようなタイプだろう？」

　僕はびっくりした。

「あれ、カヨちゃんのこと知っていますか？　タカさんの施設に見学に来たことありましたっけ？」

「ないない。会ったこともない。ただ、そういうタイプだろうと思っただけだ」

　なぜ、タカさんは、そんなことまでわかるのだろう。本当にすごい人だ。

「その太田さん、妹さんはいないかな？　それと彼女は、小さな頃に苦労しているんじゃないかな。たとえば、両親が離婚したとか、母親のしつけが厳しかったとか。そんな話を聞いてないか？」

以前、林事務長が言っていたことがあった。

「タカさん、すごいですね。たしかに太田さんのお母さんは厳しい方だったようで、いつも妹さんと比較されていたようです」

「やっぱりな……」

「どういうことですか？」

「これから伝えることは、人間の深い心の部分の話だ。だから、すぐに理解できなくていい。ただ、とても大切なことだ。これはな、カズ、『怒りと悲しみの解放』というやつだ」

「怒りと悲しみの解放ですか？」

「そうだ。誰でも怒りという感情がある。ともすれば、怒りは好ましくない感情のように敬遠されてしまうこともある。でも、実はとても大切な感情なんだ。怒りの下には悲しみが隠されていて、その悲しみが癒されていないと、怒りというエネルギーになって爆発を起こすんだ」

僕は、タカさんの話をうまく飲み込めないでいた。

「太田さんには怒りがあって、その怒りの根源には悲しみがある。だから、怒りというカタチで爆発したということですか？」

「そうだ。彼女は、何らかの深い悲しみを抱えたまま生きている」

「それってどういうことですか？」

「彼女には厳しい母親がいたんだろ？　そして、彼女は妹と比べられることを嫌っていた。つまり、妹に嫉妬していたんだ」

「妹に嫉妬することなんてあるんですか？」

「おいおい、いくら姉妹でも、いつも比べられたら悔しかったり、嫉妬したりするだろう。しかも、比べているのは、一番愛してほしい母親なのだから、悲しみが溜まってしまったんだ。仮に、『もっと愛して』と母親に伝えられたなら、悲しみを背負うこともなかったかもしれない。

太田さんは、大好きな母親を困らせないように、誰にも迷惑をかけないように、お利口さんになることを幼少期に誓ったんだろう。だから、太田さんは今もその悲しみを背負っているはずだ」

「そのこととカヨちゃんを怒鳴ることと、どんな関係があるんですか？」

「カヨちゃんを『妹』のように感じたことで、当時の怒りを思い出してしまったんだ。それも、無意識下でね」

「つまり、太田さんが妹さんに嫉妬していた当時の感情を、カヨちゃんにぶつけているということですか」

「信じられないかもしれないが、過去の傷が癒されていないと、こうしたことも起こり得る。カヨちゃん以外には、太田さんは攻撃的な態度を取ってないんじゃないか」

「僕に食ってかかることはありますが、カヨちゃん以外には攻撃的になっていないと思います」

「つまり、彼女は寂しかった幼少期の感情や、妹と比較されたことに対する感情が、未解決のままなんだ」

「タカさん、その傷は癒せるんですか」

「本人が気づいていなくても、無意識下で怒りの感情が湧き起こってくる。さっきも言ったが、怒りの下には悲しみが眠っている。だから、悲しみを癒すには心の痛みと向き合うしかないんだ」

　タカさんは続けた。

「この怒りというのはやっかいで、伝播しやすい。誰かが怒っていると、その怒りが他の誰かに伝播してしまうんだ。これを『怒りのキャッチボール』とでも呼ぼうか」

「怒りのキャッチボール」

「たとえば、社長が家でイライラすることがあったとしよう。そして、そのイライラを解消できないまま、職場に行くとする。そうすると、いつもなら怒らないようなことでも、部長に当たってしまうんだ。納得できない部長は、課長に当たり、課長は主任に当たる。主任は部下へと怒りをぶつけて、部下はその怒りを自宅に持ち帰る。そうすると最後には、妻や子ども、ペットにまで、怒りが伝播してしまう。だから、怒りが伝播しているときには、誰かがストップをかけなければいけないんだ」

「あの、怒りを解放するために、できることってありますか?」

「これは、マザー&ファザー理論でいうステップ0に当てはまる」

「ステップ0⁉」

「俺の職場では評価面談とは別に、定期的に怒りと悲しみを解放するために、1on1のミーティングをやっている」

「1on1?」

「そうだ。相手を評価したり、指導したりではなく、怒りと悲しみを解放させることに集中するミーティングだ」

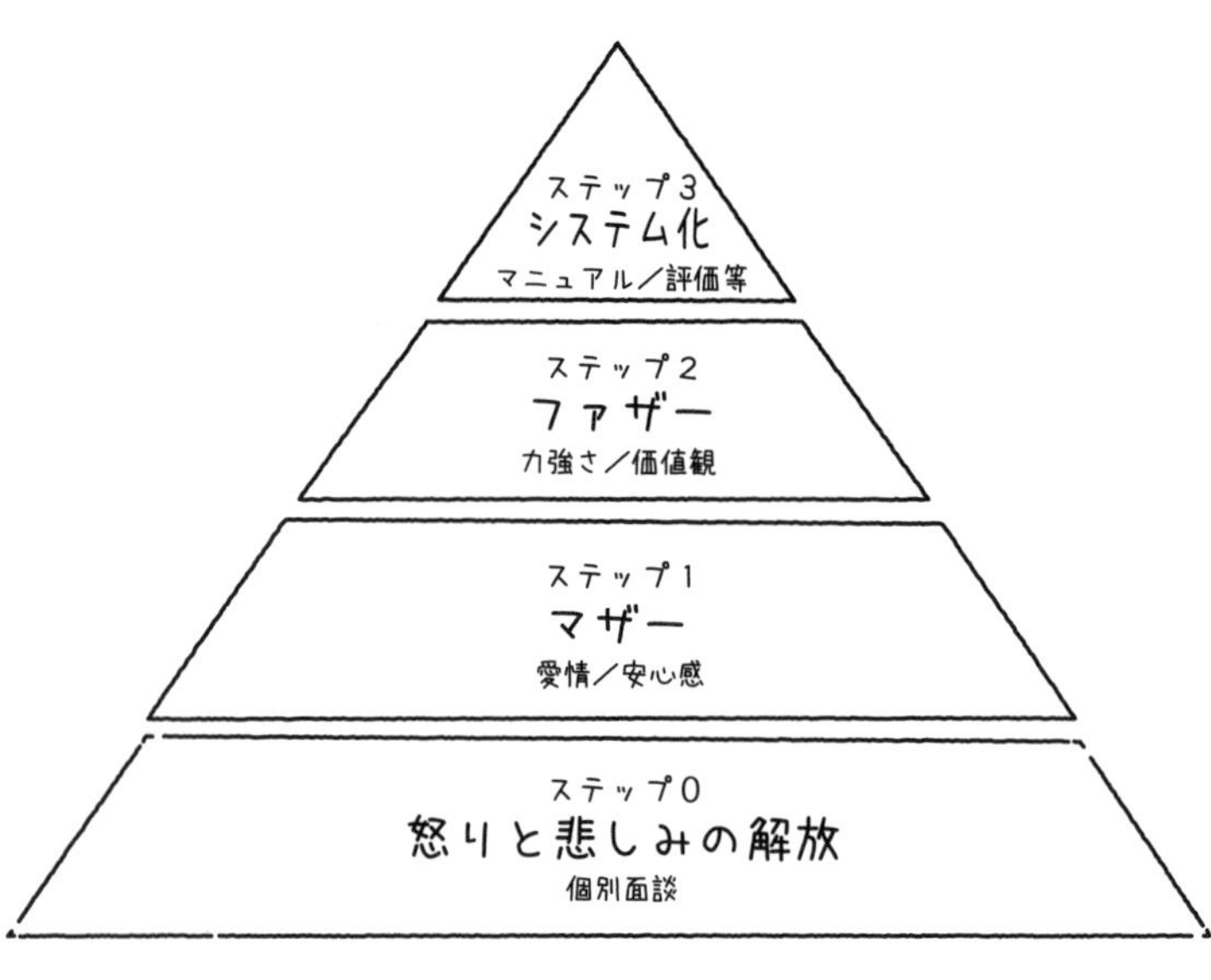

「どうやるんですか？」

「傾聴だよ」

「話を聴く、ということですか」

「その通り。ただ聴くんだ」

「ただ聴く？」

「ほとんどの組織において、『怒り』というのは、個人の要因としか解釈されていない。だが、リーダー自身が怒りを生むきっかけを作っていることも多い。これを知的に理解していないリーダーが少なくないからこそ、怒りは個人の要因と解釈されてしまうんだ。未熟なリーダーほど、怒りを解放するはずの場でも、つい相手を評価したり、指導をしてしまう」

「評価も指導もしないで、ひたすら聴くことが大事なんですね」

タカさんは大きくうなずいた。

「だが、ポジティブなリーダーほど、スタッフの怒りや悲しみを受け入れられない。なぜなら、自分自身を否定された気持ちになってしまうからね。きちんと受け止められないために、怒りや悲しみのエネルギーはどんどん社内に溜まってしまう。こうしたシグナルは至るところにあるが、それに気づけないと、怒りの解放どころか、怒りの蓄積になるんだ。すると、些細なことがきっかけで、一気に怒りが噴火して、最悪の場合、一斉退職になる。こうなると、何もかもがおしまいだ」

タカさんは続けた。

「太田さんが何に怒っていて、何に悲しんでいるのか受け止めることだ。1on1で向き合うだけでも彼女は救われるし、中長期で見ると、必ず良い関係性を築けるようになる。何より、カズの成長にもつながる」

そう言われても、太田さんの関係が良くなることをイメージできなかったが、1on1での面談は欠かせないと思った。やらないわけにはいかない。

僕は、またタカさんに質問をした。

「その面談をやるときに注意することはありますか？」

「まずはきちんと傾聴すること。評価や指導は別の機会にやること。そして、面談をスタートするときには、ちゃんと目的を伝えることも大切だ」

「目的、ですか？」

「今日は、あなたが普段感じていることや困っていることを何でも話してほしい。この面談が終わる頃には、お互いにわだかまりが残らないようにしたい。そして握手をして面談を終えたいと思っている。こんな感じかな。もちろん労いの言葉も忘れないことだ」

成熟した大人の対話とは、こういうことなのかもしれない。ただ、穏やかに対応したとしても、相手がいることだ。こんなにうまくいくのだろうか……。

「面談をすると、なかにはカズを試す言動を取る人もいる」

「試す？」

「極端だが、カズは敵なのか味方なのか。自分を守ろうとする人なのかどうかなど、無理難題を言う人が現れる。だが、ブレてはいけないんだ。敵とか味方とか、そういうことじゃないと伝えなければならない」

何だか胃が痛くなってきた。そんな面談、ストレスでしかない！

「どうして、そんな試す行為をするんですか」

「『愛してほしい』という感情と『傷つきたくない』という恐れだ」

「どういうことですか」

「愛してほしいという感情は誰もが持っているものだが、これが満たされないと、悲しみで埋め尽くされてしまうんだ。そうすると、『これ以上、悲しい思いはしたくない』と心にバリアを張ることになる。バリアを張れば、誰からも傷つけられることはないからな。だから、この人は自分を傷つける人なのか。それとも愛してくれる人なのか。それを試す言動で表現するんだ」

「試されるような言動があったときは、何か対処法はあるんですか」

「そんなに心配するな。相手は攻撃されると勘違いしているだけだ。誰も愛してくれないと思い込んでいる。だから、カズが攻撃しないことが伝われば、相手も身構えることはない。つまり、丁寧に面談の主旨を伝え、カズ自身がオープンハートでいることだ。主旨の説明が曖昧だったり、着地点を見つけられないままスタートすると、混乱させてしまうことになる。『あなたとの関係を豊かに育みたい』とメッセージを伝えることが第一歩さ」

　タカさんはいつも簡単に言うが、僕には不安しかない……。でも、アドバイスをもらった以上、実践しないわけにはいかない。怒りや悲しみは時間を超えて、世代を超えて、引き継がれてしまう。ここで止めなければならない。

1on1ミーティングの実践

「今日は、忙しいのにありがとうございます。太田さんだけでなく、他のスタッフとも面談を実施しています。なので、リラックスして臨んでください」

できればやりたくなかったが、そんなことばかりも言っていられない。自分のエゴではなく、組織にとって何が一番良いのか。太田さんとの面談は避けては通れなかった。

本当なら、評価面談をしなければいけなかったが、怒りと悲しみを解放させる面談に、僕は定義を変えた。

「太田さんが普段思っていることや感じていることを知りたいと思っています。聞いたからと言って、すべてを叶えることは難しいかもしれませんが、もっと太田さんのことを知りたいと思っています。そして面談が終わる頃には、お互いの理解を深めることができればと思っています」

太田さんがキリっと僕を睨んだ。

「私、忙しいんです。言いたいことがあるならハッキリ言ってください。私の何が問題か、近藤さんこそハッキリ言ってください」

タカさんの話を聞いていなければ、いきなりの先制パンチにたじろいだかもしれないが、僕はこの展開を予想していたので動揺することはなかった。

「僕が太田さんに何か言いたいことがあるとか、そう言うわけではありません」

「だったら、面談は終わりにしてください」

「終われません。僕は、太田さんを理解したいと思っています。これは、僕の一方的な思いかもしれませんが、僕はあなたのことを理解したい」

一瞬、太田さんの瞳が揺らいだ。

「私は、近藤さんのことを知りたいとは思いません」

「そうですよね。太田さんは、僕のことなど知りたくないですよね」

少しの沈黙が流れた。

先に口を開いたのは、太田さんだった。

「私みたいな存在は邪魔ですよね。辞めろと言われたら、いつでも辞めますよ」

これだ！　タカさんが言っていた「試す行為」だ！

太田さんはやはり、傷つくことを恐れているんだ。僕は、攻撃する人ではないと伝えなければならない。

「太田さん、大丈夫。僕はあなたを傷つけることはしません。ただ、良好な関係を育みたいだけです。もし、僕が知らない間に太田さんを傷つけることをしていたら言ってください。許してもらえるように謝りたいと思っています」

「べ、別にそんなことはありませんけど……」

「そうですか。でも、もし不快な思いをさせるようなことがあれば、言ってください」

太田さんはまた黙ってしまった。

「ところで、太田さんは、なぜ介護の仕事をやろうと思ったのですか？」

「今度は、採用面接ですか？」

「採用面接ではなくて、興味があるんです」

「そんなこと、覚えていません」

「ちなみに僕は、14歳のときにこの仕事に就くことを決めました。5歳のときに両親が離婚して、父方に引き取られました。忙しい父に代わって面倒を見てくれたのが祖父母で、僕は、そんな祖父母に恩返しをしたいと思って、介護の仕事をしたいと思うようになったんです」

太田さんは黙ったままだ。

「僕は、この仕事が大好きです。太田さんも15年以上も介護の仕事をしているので、よほど介護が好きなんでしょう？　僕たち、介護が好きという点においては同じですかね。あ、喋りすぎました。ごめんなさい」

「一緒にしないでください」

「え!?」

「一緒にしないで！　私と近藤さんでは育った環境が違うのよ！」

まさに鬼の形相だった。気に障ることを言ってしまったのかと謝ろうとしたが、太田さんは「一緒にしないでちょうだい！」ともう一度言って、部屋から出て行った。

僕は混乱した。本当は太田さんを追いかけたほうが良いのかもしれないが、そんな気力は残っていなかった。

タカさんの言った通り、オープンハートで向き合ったつもりなのに、まったくうまくいかなかった……。何がいけなかったのだろう……。

結局、この日は一日中、太田さんのことを引きずってしまった。仕事中に何度かタカさんに電話をしたものの、なかなかタイミングが合わなかった。

夕方になって、ようやく折り返しの連絡がきたと思ったら、僕が話すよりも先にタカさんが話しはじめた。

「カズ。そろそろしっかりと休め。いつから休んでいないんだ？」

思ってもいない質問だった。

「2ヶ月くらいですかね。現場で問題が起こると気になってしまって、休みの日でも職場に行っていますから」

「それじゃダメだ。今すぐ2泊3日くらいで家族旅行でもして休息しろ。ユキさんは何も言っていないのか？　最後にハルカちゃんと遊んだのはいつだ？」

僕の話を聞いてくれるでもなく、一方的に話すタカさんに苛立ちを覚えた。僕は初めてタカさんに抵抗した。

「冗談はやめてくださいよ。これだけ忙しいのに、しかもたくさん課題もあるのに、僕だけ旅行なんてできませんよ」

自分でも荒い口調になっているのがわかった。

「それに、ユキも僕がいると大変だから、家にいないほうがいいんじゃないかと思います」

おどけてみたつもりだったが、タカさんは厳しい口調で言った。

「カズ、仕事のために家族がいるんじゃない。家族を幸せにするために仕事があるんだ。はき違えるな」

僕は、自分がはき違えているなんて思えなかった。

もちろん、家族のために働いている。職場が大変なのは、ユキもハルカも理解してくれているはずだ。役職だって、もっと昇格したら給料も増える。そうしたら、もっと豊かな生活になるじゃないか。今を乗り越えて、仕事も充実して、給料も増えたら、家族が幸せになるに決まっている！

僕は「そうですね」と気のない返事をして電話を切った。

わかっていないのは、タカさんのほうじゃないか。結局、誰も僕を理解してくれない……。

*

どんよりとした気持ちを切り替えられないまま、僕は帰宅した。張り詰めていた糸がパチンと切れたように無力感に襲われ、早く眠りたかった。

ただ、珍しく早く帰ったこともあり、ハルカはベッタリとしてくる。もちろん嫌なわけではなかったが、寄り添ってあげられる気持ちの余裕がなかった。

「パパは今からご飯だから、ちょっと待っててね」

ユキがそう言っても、ハルカは僕の手を握って、ままごとをしたいとねだってきた。

つい、「ちょっと待てって言ってるだろ！」とハルカに大きな声を出してしまった。

イライラを抑えられなかった。

「ユキ！　お前もちょっとはハルカの面倒を見てくれよ。帰ってきてすぐにこれだと、疲れが取れないじゃないか！」

「ごめんなさい。あなたが早く帰ってくると聞いて、ハルカ、すごく喜んでいたから」

正直、ユキに対してもイライラが芽生えていた。

僕も専業主婦ならどんなに楽だろう。子育てと家事だけをしていれば、こんなしんどい思いをしなくてもいいはずだ。どうして、僕だけがこんな大変な思いをしなくてはいけないのか……。

「この前、ハルカの腕に痣があった。あれはなんだ？　どうして痣ができたんだ？」

「保育園でお友達と」

「お前がやったんじゃないのか！」

ハッとした。言い過ぎたと思った。

「……」

「……ごめん」

「ママ、ちょっとトイレに行くね」

ユキが背を向けて部屋から出て行くと、ハルカが泣き出した。

「ごめん、ハルカ。大丈夫だよ」

僕はハルカを抱き上げた。

しばらくしてユキが部屋に戻り、僕からハルカを抱き寄せると「さぁ、歯磨きをして寝る時間よ。今日はどんな絵本を読む?」とそのまま寝室に入っていった。

勝手にイライラしたのは僕だ。そんなことはわかっていた……。感情をコントロールできない自分が情けなかった。会社では一丁前に「コミュニケーションを大事にしよう」「相手の気持ちになって考えよう」などと毎日言っているのに、何よりも大事にしたいと思っている家族に対して、こんなことじゃダメだ。己の未熟さに、落胆した。そして、ユキとハルカを傷つけたことを後悔した。


翌日、言い過ぎたことを謝ろうと、僕は早く仕事を切り上げた。帰りがけにケーキ屋に寄り、ハルカの好きな苺のケーキと、ユキにはチョコレートケーキを買った。

どう謝ろうかと家に着くと、まだ19時過ぎだというのに部屋の電気は消えていた。二人の姿はどこにもなかった。

家出……？

そんなことはない。そんなことはあるわけがない。祈るような気持ちでユキに電話をかけようとしたそのとき、一通のメールが届いた。

「しばらく、実家でハルカと過ごすことに決めました」

なんてことをしてしまったのだろう……。取り返しのつかないことをしてしまった。

僕はどうしていいのかわからず、ただ携帯を眺めていた。その夜、僕は一睡もできなかった。

5つの線で繋げるマネジメント

それからというもの、僕はこれまで以上に仕事に力を入れるようになった。そうしないとおかしくなってしまいそうだったからだ。

現状を考えると、Ｇｏｏｄ　＆　Ｎｅｗは少しずつ違和感なくやれるようになってきたので、マザー＆ファザー理論のステップ３である「評価制度」のシステム化に取り組みはじめた。

それに合わせ、毎日遅くまで残って、ホームページのリニューアルについて林事務長と打ち合わせを重ねた。

この作業で良かったのは、言語化できていなかっただけで、うちの施設にはたくさんの素晴らしい取り組みがあることがわかったことだ。以前の評価シートを改良して使うことができ、評価面談は考えていたよりも早くはじめることができた。

また、誰もいない家に早く帰るのは嫌だったこともあり、林事務長との打ち合わせがないときには、クレドの作成に集中した。

本当は、タカさんの会社のようにみんなで作るほうがいいことはわかっていたが、下手に反論されると気持ちが萎えてしまいそうだったので、僕は叩き台のつもりで、たった4条だけだがクレドをまとめた。

予想通り、「クレドなんて意味がない」と否定的なスタッフもいたが、そんなことより、僕が気になっていたのはユキとハルカのことだった。

プライベートのことに心を振り回されたくなくて仕事漬けになったつもりが、正直なところ、いつ戻って来てくれるのかが心配で仕方なかった。二人が家を出てしまってから、もう2週間以上が経っていた。「しばらく実家で過ごす」というのはどのくらいの期間なのだろう……。

そんなことを考えながら、帰り支度をしていると携帯が鳴った。

「もしもし」

ぶっきらぼうに電話に出ると、父からだった。

「聞いたぞ。ユキさんが家を出たらしいな。お前がしっかりせんで、どうする」

久しぶりに電話をかけてきたと思ったら、これだ。どうして「元気か」の一言も言えないんだ。そのくせ、僕とユキのことに土足で踏み込んでくる無神経さ……。腹が立った。

「そんなの、父さんには関係ないだろ」

「心配してるから、言ってるんだ」

「そんな心配いらない」

「なんだ、その言い方は。お前が仕事ばかりで、ユキさんに負担をかけているんだろう」

「なんだよ、それ」

「離婚なんてしてみろ。ハルカにとって最悪なことになるぞ」

「自分のことは棚に上げて、よく言うよ。じゃあ聞くけど、父さんは今まで父親らしいことを僕にしてくれたのかよ！」

僕は感情を抑えきれなくなってしまった。

「いつだって僕に無関心だったじゃないか。大学に行くときも、介護の仕事をやるときも、ひとり暮らしをするときも、無関心だった」

「そんなことはない」

「今さら何だって言うんだ。僕は一度たりとも、父さんから認められたことがない。よくグレなかったと、自分を褒めてやりたいよ！」

怒鳴りながら、幼少期の記憶が蘇ってきた。夏休みにカブトムシを捕りに行ったときも、クラス替えで不安になっていたときも、徒競走で一番になったときも、いつだって父さんは無関心だった。

「余計な心配はいらない」

「お前を食わしていくために、必死で働いてきたんだ。大学に行けて、今の仕事に就けているのは、誰のおかげだと思っているんだ！」

「頼んだ覚えはないよ！　父さんはいつも家にいなかった。側にいてほしいときは、いつもいなかったくせに偉そうな口を叩かないでくれよ！」

こうなると、お互いのことを傷つける天才になる……。

「そんなことだから、ユキさんが家を出たんだ。いい加減、大人になれ。取り返しのつかないことになっても知らんぞ！」

「うるさい、もう切る！」

グサッと来る一言だった。ユキとハルカが戻って来ないことなんて考えられなかったし、考えたくもなかった。何とかしないと……。

このまま家に帰る気にはなれず、僕は久しぶりにタカさんに連絡を入れた。電話で反抗的なことを言ってから、連絡を控えていたが、タカさんは気にもしていない素振りで「飯でも行こう」と誘ってくれた。

＊

「久しぶりだな。何かあったのか。声に力がないようだけど」

おでんがおいしい屋台で、僕らは合流した。

「本当に何でもお見通しですね……」

僕は頭をかいた。

軽く注文を済ませた後、ホームページのリニューアルや玄関ホールに貼り出したサンクスカードのこと、クレドのこと、そしてまだ求人に応募がないことなど、一通りの話をした。ただ、ユキとハルカが家を出てしまったことだけは言えなかった。

タカさんは「カズも主任として力をつけてきたよな」と言いつつ、元気がないことについては詮索することもなく、気を遣ってくれているようだった。

「タカさん、最近、いろんなところで『ポジティブ思考がいい』とか『前向きに頑張ろう』って言われているじゃないですか」

「本にもよく書いてあるよな。ただ、一概にポジティブ思考がいいとは言えない」

「えっ、僕はポジティブ思考は善で、ネガティブ思考は悪だと思っています」

「カズと同じように思っている人も多いはずだ」

「違うんですか」

「前向きなエネルギーは大切だが、人が集まれば、そこにはさまざまな感情が生まれるんだ。ポジティブな人がいれば、無意識だが、バランスを保つようにネガティブな人もいる。太陽が昇れば、必ず影になる部分ができるのと同じさ」

「……そういうものですか」

「問題は、光の当たる部分は評価されるのに、影の部分は評価されないことだ。本来、光と影に善も悪もないはずだろう。でも、なぜか太陽は素晴らしい、影はダメだと考えている人が多いんだ」

「……」

「その顔は、納得していないな」

タカさんは、フフフと笑った。

「カズ、どうしてまわりがネガティブだったり、消極的に見えたりすると思う?」

「単純に、彼らがネガティブだからだと思います」

「カズ自身がポジティブだからだよ」

「どういう意味ですか?」

「カズがポジティブだから、まわりがネガティブになるんだ」

「それじゃ、僕のせいで、みんながネガティブになっているみたいじゃないですか」

「落ち着け。それなら、なぜカズはまわりがネガティブに見えるんだ? ネガティブに見えるのは、何を基準にネガティブと言っているんだ？」

「たとえば、『そんなことをやっても意味がない』などと発言が出ることです」

「それは貴重な意見じゃないか。たしかに、ネガティブに聞こえるかもしれないが、俺はそうしたネガティブがダメとは思わない」

「どうしてですか」

「カズがポジティブでいるためには、他のメンバーが、ネガティブでなければならないからだ」

「……でも、タカさん。やっぱりポジティブのほうが良くないですか？」

タカさんは笑った。

「ほとんどのリーダーが同じことを言うんだ。ポジティブに価値があって、ネガティブに価値がないかのようにね。じゃあ、野球にたとえてみよう。カズは野球部だったよな」

「はい」

「ピッチャーとキャッチャーのペアのことをなんて言う？」

「バッテリーです」

「じゃあ、バッテリーと聞いて、他に思いつくものは？」

「電池とかですね」

「そうだな。電池にもプラス極とマイナス極があるだろ。そして、野球もバッテリーというくらいだから、プラスとマイナスという意味合いがある。仮に、ピッチャーがプラス極で、キャッチャーがマイナス極とする」

「はい」

「ポジティブなピッチャーは『絶対に打たれるもんか！』と考えるだろうが、ネガティブなキャッチャーは『打たれたらどういう動きをしよう』と、最悪のケースを想定するものだ。そこに良し悪しはあるか？」

「ありません」

「そうだな。それぞれが自分の役割として、ポジティブになったり、ネガティブになったりするんだ。それは生まれ持った性格ではなく、チームのバランスを保つための役割でしかないんだ」

「役割、ですか？」

「仮にピッチャーが『打たれたらどうしよう』とネガティブだったらどうだ？　そのときは、キャッチャーが励まし役、つまり、ポジティブになるだろう。『お前なら絶対に打たれない』と勇気づけるはずだ。つまり、『ポジティブは良い』『ネガティブは悪い』というのはレッテルに過ぎない。誰かがポジティブになれば、誰かがネガティブになる。この力学を理解する必要がある」

「僕はポジティブでいることが正しいと思っていました。でも、僕がポジティブでいられるのは、ネガティブになってくれる人がいるから、ということなんですね」

「そうだ。それにな、ポジティブ思考の人ほど、昔はネガティブだった人が多い。ネガティブでいるのは、感情の泥沼に入るようなものだから、つらい。そのつらさを二度と経験したくないと、ポジティブ思考にフリップした人もたくさんいるんだ。そういう人たちは、行動することでしか、自分の価値を見出すことができない。行動することで人から認められる、行動しないと人から認められない。そういう無価値観を持っているんだ」

思い当たることは山ほどあった……。

「タカさんの言う通り、僕はもともとネガティブ思考でした。でもいつのまにか、ポジティブ思考が素晴らしいという価値観に変わっていたようです……」

「新しいプロジェクトや事業展開をするときは、ポジティブなエネルギーが必要になる。これは事実だ。ただ、気を付けないといけないのは、ポジティブ思考になり過ぎないことだ。そして、ネガティブ思考の人の気持ちを理解することが重要だ」

「でも、すみません……。それでもやっぱり、リーダーはポジティブのほうが良い気がします」

タカさんはやれやれという顔をして、話の続きを飲み込んだようだった。僕は沈黙が嫌で、話題を変えてみた。

「ところで、タカさん、この前、バケツの底に蓋をする方法を教えてもらいましたが、水を入れるとき、つまり採用面接で気をつけることってありますか」

「今日は熱心だな」

現実逃避かもしれないけれど、仕事の話をすることで、ユキやハルカのことから気が紛れた。

「いい人材を見抜くにはどうしたら良いでしょうか」

「先に言っておくが、100%で良い人材を見抜けるようになるわけではないからな。そんな魔法があれば、俺だって教えてもらいたいよ」

「もちろんです！」

僕は、姿勢を正した。

「まず、カズにとって良い人材とは？」

良い人材という言葉を使ったことはあるものの、ちゃんと考えたことはなかった。

「俺が考える良い人材は、豊かであることだ。豊かというのは、気持ちが良い人と、言い替えることもできる。豊かな人は、感情と思考と行動において、バランスの取れた人材でもある」

「感情と思考と行動のバランスが取れた人、ですか?」

「そうだ。昔はモノが売れたから、営業成績の良い人が『良い人材』と定義されていたんだ。つまり、人格でなく、数字で評価されていた。だが、そんな時代は終わって、今はクリエイティビティを発揮して、新しい価値を創造できる人が評価されるようになっている」

僕は大きくうなずいた。

「高度経済成長の時代は、一つの会社で定年まで勤めるのが一般的だったが、今は、大半の人が就職から1年以内に辞める。辞める理由はたくさんあるだろうが、俺は、入職者と会社の間で、ミスマッチが起きている可能性が高いと感じている。貴重な人材が正しく活用されていない可能性もある。それは企業にとって大きな損失なんだ。そして、短期で辞めてしまうことは、採用側に問題がある場合が多い」

一呼吸おいて質問をした。

「ミスマッチが起こると、すぐに辞めてしまうのは理解できます。タカさんの言う、感情と思考と行動においてバランスの取れた人材は、どんな人ですか」

タカさんは、マネジメントの話になると、すごく鋭い眼差しになる。

「まず、感情レベルの話だが、感情レベルが高い人は良い人間関係を育める人たちだ。他者を思いやって、相手の立場になって物事を考えられる。たとえ能力があっても、同僚を攻撃してしまう人は、これに該当しない」

一瞬、太田さんや田島師長の顔が頭に浮かんだ。

「次に、思考レベルの話だ。思考レベルの高い人は、気づきの多い人だ。たとえば、今よりももっと良いやり方を考えられるような人だ。ものの見方がワンパターンで、相手のせいにしてしまう人は、これには該当しない。トラブルが起こったときに『自分に問題はなかったか』と考えられるかどうかは、とても重要だ。自分に気づきがない人は、考える能力がない。問題が起こると『マニュアルに書いてない』『聞いてない』といった反応を繰り返してしまうんだ」

僕は、ひたすらメモを続けた。

「最後は行動レベルだ。行動レベルの高い人は、感情レベルと思考レベルを理解したうえで、行動できる。頭でっかちで行動できないのでは困るから、自分のことを棚に上げて、他人を悪く言う人は、これに該当しない。ただし、たんに行動だけできれば良いということでもない。たとえば、『おはよう』と挨拶するにしても、そこに感情がなければロボットと変わらないだろう」

タカさんは話を続けた。

「感情、思考、行動がバランスよくリンクしている必要があるが、これらが乖離していても、試験をくぐり抜けて入社する人もいる。企業が期待していることを先読みして、採用側のニーズに答えることができるんだ」

「なんだか混乱してきました」

僕は、コップの水を一口飲んだ。

「大切な基準は、応募者が組織の文化に馴染めるかどうかだ。面接の場面では、感情レベル、思考レベル、行動レベルを確認できる質問を工夫する必要があるだろう。だから、心理テストだけに頼るのは問題がある。感情、思考、行動のバランスの取れた人材を採用すれば、すべての問題が解決するわけではないが、中長期的に育っていく可能性はじゅうぶんにある。そのためには、採用側がこの3つの要素を見る目を養う必要がある。偏った見方ではなく、幅広く見抜く力だ。そういった職場には、自然と人が集まりやすくなる。たとえば、忙しい時間帯に急な来客があっても、否定的なことを言う人はいなくなるだろう」

「でも、タカさん。『良い人材』というのは、会社が教えなくても育って、バリバリと売上を立ててくれる人のことを言いませんか？　僕もそんな人が入社してくれたらすごく助かります」

「それは、行動レベルのみの話だな。そこには、他者を思いやる気持ちだったり、多様性を認められる柔軟性だったりが欠かせない」

僕はさらに質問を重ねた。

「『この人は間違いない』と採用したとしても、実際に働きはじめてもらうと、期待していたほど仕事ができなかったり、ということがよくあります。なかには会社の悪口を言う人もいて、そういう人は組織を混乱させるだけなので、採用面接のときに見抜きたいんです」

「それは、どうしても避けられないな。夫婦関係でも同じだろ。年を重ねるに連れて、二人の関係は成熟してくる。成熟に伴って、当初とは関係性も変わってくるだろう。つまり、成熟することで、ミスマッチが起こる可能性があるということだ。

組織と社員の関係にしても、最初と現在では、お互いの成熟度が違ってくる。組織も生き物と一緒だ。成長段階に合わせて、必要な人材像も変わってくる。だからこそ、ミスマッチを修正する『組織力』が必要だし、常に『今の自分たちの組織には、どんな人材が必要か』を明確にしなければならないんだ」

僕は大きくうなずいた。

「タカさん、採用面接の場で、感情、思考、行動レベルで、それぞれ適切な能力を持っているかどうかを見極める質問や問いかけがあったら教えてください」

僕は、また水を一口飲んだ。

「感情レベルを一言で言うなら、『良い気持ちがするかどうか』だ。気持ちが良いと思える相手には、自分の感じたことも素直に言えるだろう。だから、面接官の『直感』を大切にして、違和感や感覚を確認するんだ。そのためにも、面接のチェックリストのなかに『面接官の私は違和感があったり、緊張した』『胃が重たくなったり、筋肉が硬直した』という項目を増やすといい。この項目にチェックが入る場合は、『この人とは合わない』というメッセージだ」

「応募者に対するチェックリストはあっても、面接官自身に対するチェックリストを用意している法人はなかなかないですよね」

「そうかもしれないな。面接官が複数いる場合は、なおさら同じ尺度で採点しなければならない。質問としては『ストレスを受けたときに、自分の感情をどうコントロールして、乗り越えるようにしていますか？』と聞くと良いだろう」

「『自分の感情をどのようにコントロールして乗り越えるようにしていますか？』ですね」

「感情をコントロールできる力があると、他者と調和を保つことができる。他者と調和を保つことができれば、理念の実現に向けて思いを共有できる。たとえ、それが叶わなくてもだ」

感情のコントロールか。今の僕にもっとも大切なことのような気がする。ユキに対して、なぜあんなにも感情的になってしまったのだろう……。

タカさんは話を続けた。

「次に、思考レベルだが、これは『気づく力』があるかどうかだ。気づくというのは、自分への気づきだけでなく、他者への気づき、仕事への気づきを指す。気づく力は、仕事における能力を大きく左右するんだ。面接では『我が社のビジョンについて、どう思いますか』『我が社ではこういうことをしようと思っていますが、どう思いますか』と聞くと良いだろう。突然の問いかけに対して、自分の言葉で表現できるかをチェックするんだ」

「たとえば、どんな感じですか」

「そうだな。たとえば、『私たちは、入居者に本当に喜んでもらうために、こういう活動をしていますが、それについてどう思いますか』と聞く。すると応募者は、『とても良いことだと思います。それに賛同し応募しました』などと答えるだろう。ここで、さらに突っ込んで質問するんだ。『しかし、この活動については批判的な意見もあります。綺麗事を言わずに、まずは職員の我々を大切にするべきだという人もいますが、それについてどう思いますか』と」

「つまり、応募者の意見に、あえて反対の意見をぶつけてみるってことですね」

「そうだ。反対の意見に対する反応や言い方を確認すると良いだろう。スムーズに返答できなくても、『具体的にもう少し教えてください』『少し考えさせてもらえないでしょうか』と、きちんと表現できているならOKだ。それに『大変難しい質問です。私が学んだことにありませんでした』という返答でもOKだ。正直で良いと思う。まずいのは、黙り込んでしまうことだ。なぜなら、面接官に対して『自分のなかで何が起きているか』を提供していないからだ。そういう人たちは、自分の世界に入り込んでしまう特徴がある。つまり、一緒に仕事をしたときには、ホウレンソウができない可能性が高いんだ」

「なるほど、深いですね」

「思考レベルを確認する質問としては、『過去に困難があったことを、どのように乗り越えましたか』だ。仮に、『過去に困難などありませんでした』という人がいる場合、問題解決能力は低く、課題に関する気づきもないと言えるだろう。一方で、『友達に相談しました』『父に相談して乗り越えました』など、にこやかに落ち着いていられるかはとても大切だ。つらかったことをにこやかに話せるのは、それを乗り越えた証拠でもある。つまり、人間として成熟していると言える」

「思考レベルの確認で、人間として成熟しているかどうかもチェックできるわけですね」

タカさんは「その通りだよ」と微笑んだ。

「最後に、行動レベルだ。これは採用したい人材像によって、質問や課題を変えると良いだろう。たとえば、事務員を採用したい場合、接客が必要になる。そういうときには、ロールプレイを導入するんだ。面接官がクレームを言って、応募者が対応するイメージだ。ただ、普段はちゃんとできる人でも、面接で緊張しているからできないこともあるだろう。そういうときは『大変だったね』とねぎらって、『簡単なやり方を教えるからやってみて』と習得能力を確認するようにする。これによって、育つ人材かどうかを見分けることができる。そして、それでもうまくいかない場合は、『どうすればうまくいくか』を確認すると良いだろう。失敗しても、意識を未来へシフトできるかどうかが重要なんだ」

「ちゃんと答えられるかどうかじゃないんですね」

「面接の場では、正しく答えることが正解ではない。上手にできなくても、その失敗から何を学び、どう改善するのか。そういう姿勢を確認するんだ」

「それに加えて、どんな実績を持っているのかも重要になりますね」

タカさんは、首を横に降った。

「ほとんどの企業は『今まで経験した過去のこと』をチェックしているが、あまり意味がない。大切なのは、過去の取り組みを、具体的な行動という事実で示せるかどうかだ。応募者本人は、意欲があって面接に来ている。過去を評価してほしいわけでなく、今の自分を見てほしいと応募していることを忘れてはいけないよ」

僕はタカさんの話をまとめようとペンを走らせた。

「そうだ、大事なことを忘れていた。思考レベルを確認するうえで、もう一つ注意すべきことがある」

僕はペンを止めて、話に集中した。

「さっき、『自分のつらかった過去をどう乗り越えたか』を質問するといいと言っただろ。それは『自己開示能力』を示す指標の一つだからなんだ。自己開示能力は、人として成熟しているかどうかの目安になる。成熟している人は、自分の欠点や失敗を正直に言える。つまり、健康度の高い、成熟したパーソナリティなんだ。

つらかった過去を話してもらうことで、他者にどこまで話をするかの選択能力もチェックできる。初対面の面接官に、自分が経験したことを全部話すのは、むしろ不健康だ。途中で話を切って、反応を見ながら話ができるかどうかは大事なチェック項目になる。身の上話を30分もしたり、途中で涙を流したりするのは、成熟していない証拠とも言える」

「たしかに、初対面の人に何でも話をする人は要注意ですね」

「それにな、人にはそれぞれ得意不得意があるだろ。言語表現能力が高い人もいれば、書くことによって表現できる人もいる。だから、採用したい職種によって、採用手段を変えることが大切なんだ。面接でのコミュニケーションがダメでも、働き出したら高い能力を発揮する人もいる。面接以外で能力を測る機会が必要で、それは、言葉のやり取りとは違う物差しのことだ」

タカさんの話を聞いて、採用側がどんな人と働きたいかというメッセージを伝えることは、とても大切だと感じた。

「最後に一番大事なポイントを教えようか」

「え、まだあるんですか？」

「一番大事なポイント、それは、面接官の魅力だ」

「面接官の魅力？」

「たとえ、本命は別の会社だったとしても、面接官が魅力的なら『やっぱり、〇〇さんがいる会社で働きたい』と、第一志望が変わることなんてよくある話なんだ。逆も然りだが、どんな人が面接官かで、応募者の決断は変わる。だから、法人の魅力を発信するときには、リーダーとして、理念や思いをしっかり打ち出す必要がある。リーダーには、人の心に火を灯す役割もあるんだ」

「責任重大ですね……。タカさん、恥ずかしい話、うちは課題がたくさんあります。人手不足だし、離職率も高いし、非効率なこともたくさんあります。どこから手をつけると、採用がスムーズになりますか」

「カズは採用の課題を『採用単体』で考えていないか？」

「採用単体、ですか？」

「企業が採用を行うとき、つい『採用だけ』を考えてしまう傾向にある。でも、これこそがうまくいかない原因だ」

「採用したいなら、採用だけをしていたらダメということですか？」

「採用はマネジメントにおける手段の一つでしかない」

「手段の一つ……」

「採用がうまくいけば、すべて解決するわけじゃないよな。採用を単体で考えてはいけない根源は、次の5つに集約される」

タカさんは僕のメモ帳を取って、書き出してくれた。

1 人材採用
2 人材育成
3 人事評価
4 組織風土の構築
5 職場環境の変革

「この5つが『線』でつながっていなければならない。どれか一つが欠けても、組織マネジメントはうまくいかない」

「『線』ですか」

「たとえば、『人が育たない』という課題を抱えているとしよう。そうすると『人材修を企画する。しかし、課題を点で考えているので、研修に参加して、それで終了になってしまうんだ。でも、これではもったいない。研修に参加した職員がいるなら、それを評価する仕組みが必要なんだ。そうでないと、職員は何を頼りにモチベーションを維持すれば良いのかわからなくなってしまうだろ」

「なるほど、人材育成を行った後に、人事評価まできちんとつなげるということですね」

「その通りだ。人事評価をすることで組織が活性化するはずだ。そうすると、次第に、組織風土が構築される。楽しい職場とか、メリハリをつけて仕事するとか、組織の雰囲気ができあがる。そうなると『もっと職場をこうしたい』『こういうことをやりたい』という声もいろいろ上がってくるだろう。このとき、古い価値観から新しい価値観へ脱皮するんだ。それが、職場環境の変革だ。『線』でつなげることによって、クリエイティビティが発揮される組織に生まれ変わる。そして、できあがった組織マネジメントを外部に発信することで、人材採用もうまくいくんだ」

「すべてが線でつながりました!」

「組織風土の構築までつなげられればしめたものだ。好循環を生めば、そこからは上り曲線で自然派生してくれる。だから、マネジメントは点ではなく、線なんだ」

一言で「マネジメント」と言っても奥が深い。

「今は会社のネームバリューで人が集まる時代ではない。面接の場だけでなく、すべてのプロセスが大事になるんだ。ところで、カズ。仕事の話はこの辺にして、俺から一つお願いがある。聞いてくれるか」

「はい、どんなことですか？」

いつも以上に真剣な表情で、タカさんはゆっくりと言った。

「前にも言ったが、休みを取るんだ。そろそろ歪みが出る」

「歪み？」

「そうだ」

「……」

「もう気づいているんじゃないのか？」

成功の影にあるもの

生きるうえでの重要な要素について、以前、タカさんが話してくれたことがある。僕らが生きるうえで大切なのは、「問題解決能力」と「自己成長」の2つだという。どちらかだけを追求してしまうと、片方の車輪だけが大きい車のように、同じところをグルグル回り続けてしまうそうだ。まっすぐ走るためには、問題解決能力と自己成長の2つのバランスが大切になる。

何が問題で、その問題をどう解決に導くか。さらに問題を解決するうえで、どう成長できるか。

これらを考えることで、バランスが取れるようになるとのことだったが、ひょっとすると僕は、そもそも問題が何かをわかっていないのかもしれない。

タカさんの言っていた「歪み」とは、何を指しているのだろう……。

僕は相変わらず休むことなく仕事を続けていた。休みたくないわけではなかったが、ユキとハルカのことばかり考えてしまうので、仕事をしていたほうが楽だった。

午後になり、いつもより遅めの休憩に入ろうとしたとき、林事務長が慌てた様子で走ってきた。

「カズくん、奥さんから電話よ。娘さんが病院に運ばれたようなの！」

僕は一瞬、頭が真っ白になった。ハルカに何があったというのか。僕は、大急ぎで事務所の受話器を取った。

「もしもし、ユキか？　ハルカがどうしたんだ！」

受話器を持つ僕の手が震えていた。

「朝から発熱したのよ。熱が40度を超えて痙攣を起こして……」

「救急車で藤ノ森総合病院に来たわ」

「で、ハルカは？」

「わかった、すぐ行く」


車を飛ばして病院に着くと、ユキが待っていた。

「ハルカは？」

「大丈夫。熱性痙攣というものらしいわ。小さい子は起こりやすいみたい」

「ハルカはどこ？」

「こっち」

救急外来にはベッドが10台ほどあり、ハルカは一番奥のベッドに寝ていた。

「まだ熱は下がらないけど、もう落ち着いているわ」

僕は、ハルカの髪をなで、その小さな手を握った。その小さくて柔らかい手には、まだ熱がこもっていた。

「パパが来たから、もう大丈夫だよ」

ハルカは、ぐっすり眠っている。

「ハルカちゃんのお父さんとお母さんですね？　少しよろしいですか」

救急外来の先生が来て、症状を説明してくれた。

「痙攣を起こしたのは、おそらく発熱からだと思います。熱性痙攣と言って、幼少期のお子様には珍しくない症状です。熱が下がればほとんどの場合、問題はありません。後遺症も心配ないでしょう。ただ、脳に何らかの異常が見つかって、取り返しのつかないことになってもいけません。初めての痙攣ということですので、念のため検査しておきましょう。今日は入院してください。明日、あらためて脳の検査などをおこないます。この後、看護師と一緒に小児病棟まで移動します」

僕もユキも「ありがとうございます」と先生に頭を下げた。

小児病棟へ移ってしばらくすると、ハルカは目を覚ました。

「パパ？」

僕の顔を見ると、ハルカは太陽のように微笑んでくれた。

「もう大丈夫だよ」と、僕はハルカの手を握った。

しばらくすると、看護師が体温を測りにきた。解熱剤が効いたのか、38・2度まで熱は下がっているようだった。

夜の8時を過ぎ、消灯の時間になった。付き添いのユキ以外は帰らないといけないらしい。

「また明日来るよ」

そう言って席を立つと、ハルカが「パパ、行かないで」と泣き出した。

「ママが側にいるから心配いらないよ」

針が刺さっているハルカの手の甲には、血が滲んでいた。こんな小さな子が頑張っている。僕も、頑張らなければ……。

病室を後にするとき、「気をつけてね」とユキが言ってくれた。

「また明日来るから。何かあればすぐに連絡して」

ユキは小さくうなずいた。

ハルカの病気を治してくれるよう、神様への祈りを込めた。僕のすべてをかけてでも、ハルカを治してください。神様。お願いします……。

*

病院からの帰り道、居ても立っても居られず、僕はタカさんに電話してしまった。

「もしもし、カズです」

「どうした？」

「僕は謝らなければなりません。タカさんが休めと言ってくれたのにもかかわらず、忠告を無視して……」

「謝る必要なんてないさ」

「ユキがハルカを連れて家を出て行きました。仕事がうまくいかなくて、家に帰ると、いつも八つ当たりをしてしまっていました。そして今日、ハルカが高熱で入院してしまったんです……」

「……カズ、今、自分の身に何が起こっているかわかっているか？」

「たぶんよくわかっていないんだと思います」

「そうだよな」

間を置いて、タカさんは話をはじめた。

「本当はもっと早く伝えるべきだったのかもしれない」

「教えてください」

「カズはどんどん成長しているから、素晴らしいリーダーになるだろう。映画やドラマなら、このままハッピーエンドで終わるに違いない。イキイキと仕事をして、たくさん仲間に認められて、家族も幸せになる。こうして幸せになれると、誰もが思っているんだ。でもな、現実はそうじゃない」

「え⁉」

「この前、ポジティブとネガティブの話をしただろ。覚えているか」

「もちろんです」

「仕事でポジティブに頑張るカズがいると、もっとも身近な人がネガティブになってしまうんだ。心当たりがあるだろう」

「……ユキです」

「こうなると、夫婦関係に亀裂が入って、とうとう子どもの出番になる」

「子どもが関係あるんですか？」

「子どもにとっては家庭がすべてなんだ。家庭が安全でなかったら安心できない。だから、両親がいつも喧嘩していると、子どもが夫婦仲を取り持とうとするんだ」

「子どもが、夫婦仲を取り持つ⁉」

「2つのパターンのうち、どちらかになる。一つは良い子になるパターンだ。親の言うことをよく聞くし、優等生になって、家族にとって元気の象徴のようになる。みんなを笑わせて、空気を明るくしようとするんだ」

「もう一つのパターンというのは……」

「そうだ、悪い子になるパターンだ。イタズラしたり、誰かに暴力をふるったり、嘘をついたり、病気や怪我になったりする」

「なぜ、そんなことをするんですか」

「そうなることで、お父さんとお母さんが協力して、問題に立ち向かうようになるからだ。夫婦の絆を取り戻すために、子どもの出番として登場するんだ」

「ハルカはわざと病気になったんですか?」

感情が昂って、いつも以上に声が大きくなってしまった。

「無意識でやっているんだ。どちらにしても、誰より傷ついているのは、いつだって子どもだ」

僕らの仲を取り持とうと、ハルカは病気になってしまった。僕は今まで、何のために頑張ってきたのか……。

自分の不甲斐なさ、父としての未熟さを感じていると、ハルカが産まれた日のことがよみがえってきた。

入院先の先生に「お父さん、生きて産まれる確率は高くない可能性もあります」と言われた瞬間、僕は椅子をひっくり返して、先生の胸ぐらをつかんでしまった。

妊娠8ヵ月目、切迫早産で、ユキの容態が悪化して破水。ストレッチャーに乗せられたユキを見つめながら、「何でもします。二人をよろしくお願いします」と僕は泣きじゃくっていた。

祈り続けた6時間後、ハルカの産声が聞こえた。

「ハルカ、僕らを選んで産まれてきてくれてありがとう」

嬉しさと安堵で、僕は膝から崩れ落ちていた。

「カズ」

電話の向こうでタカさんは優しく呼びかけてくれた。

「仕事も家庭も大事だが、だからこそ、何を一番大切にするか、しっかり考えるんだ。

何かを得れば何かを失う。失ったものは二度と取り戻すことはできない」

「はい……」

「カズの人生を見直すチャンスじゃないか。ハルカちゃんがチャンスをくれたんだ」

今すぐにでも、ユキとハルカに謝りたい。僕にできることは、二人に謝って人生を正していくことしかない。

＊

ハルカは2日間の入院生活を経て、退院できることになった。

退院の際、病院の先生から「いつも通りの日常に戻って問題ありません」と説明を受けた。

いつも通りの日常。この言葉が身に染みた……。

手続きも済ませて、病院を出たところで僕は声をかけた。

「ユキ。あ、あの！」

思った以上に大きな声が出てしまったので、横を歩いていた女性がびっくりして、こちらを振り向いた。

「僕は君を傷つけた。なぜ、あんなひどいことを言ったのかと後悔している。自分の未熟さのせいで、ユキにもハルカにもつらい思いをさせてしまった。本当にごめんなさい」

ユキはハルカを抱いたまま黙っていた。

「愛するユキとハルカと、一緒にいられないことが、こんなにもつらいことだとわからなかった。もう一度、チャンスをくれないか。僕の人生には、ユキとハルカが必要なんだ」

「……」

「本当にごめん」

ユキの目から涙が零れ、優しく僕の手を握ってくれた。

「ママ、どこか痛いの？」

ハルカが心配そうに言った。

「ううん、ママね、嬉しくて泣いているの。ありがとうね」

当たり前に思える日常も本当は当たり前ではなく、今そこにあるものが明日もそこにあり続けるとは限らない。やわらかなユキの手を、小さなハルカの手を、僕は強く握りしめた。

「カズさん、すぐに来てください！」

スタッフたちの心理状況をチェックリストに付けていた僕のところに、平田君が血相を変えて事務所に飛び込んで来た。

「事故です！　太田さんが入浴介助をしていた三枝木さんを車いすに移すとき、手を滑らせてしまって」

「怪我は？」

「頭を打ったみたいです」

大急ぎで浴室に向かうと、まだシャワーの流れる音がする。浴室扉を開けると、車いすから転倒したままの三枝木さんと、呆然とした太田さんがいた。体を動かさないように、注意を払って三枝木さんの容態をたしかめる。頭部に内出血を起こしているようだ。

「平田君、田島師長を呼んで！　それから担架とタオル！」

「はいっ！」

「三枝木さん、大丈夫ですか？」

　僕は意識を確認した。

「…あぁ。平気」

　平田君が介護用担架を担いで、田島師長は救急箱とタオルを抱えて走って来た。タオルを患部にあてがう。

「気持ちがいいねぇ。熱を出して、母ちゃんに看病してもらったのを思い出すよ……」

　三枝木さんがおどけながら言う。

　田島師長が太田さんに「あなたも手伝って！」と怒鳴ったが、まだ動揺しているようだ。

「太田さん！　聞こえていますか！」

　平田君がこらえきれずに感情を剥き出しにした。

　僕はそれをたしなめ、「いくよ、平田君。せーのっ！」と三枝木さんを担架に乗せようとした。

「待って！　右の大腿骨が折れているかも。注意して！」

　大きな声で、田島師長が叫んだ。

「救急車を呼びましょう」

10分後。救急隊が来て、三枝木さんは緊急搬送された。三枝木さんは「ありがとう」と僕たちにほほ笑んでくれていた。

三枝木さんのご家族に電話を入れ、状況を説明すると最初は驚いていたものの、すぐに搬送先の病院へ向かってくれるとのことだった。

それから数時間が経ち、救急車に付き添いで乗って行った田島師長が帰ってきた。

三枝木さんは右大腿骨頸部骨折で、早々に手術をしなければならないとのことだった。たとえ手術をしても、3ヵ月以上は寿苑には戻って来られない可能性もある。いずれにしても、寿苑をいったん退所しなければならないだろう。

「まったく、とんでもないことをしてくれたものね」

名前こそ言わなかったものの、田島師長は太田さんを批判した。


翌日――。

僕は太田さんを呼び出した。

「昨日の三枝木さんのことなんだけど」

太田さんは、僕の目を見ることができないほど動揺しているのがわかる。

「私……、今日で辞めます」

「そういう話をしたくて、ここに呼んだんじゃないんです」

「いえ、カズさんだって、辞めればいいと思っているはずです」

「そんなことは絶対にない！」

「辞めます。お世話になりました」

そう言って一礼すると、太田さんは部屋から出て行ってしまった。まるで会話にならない。僕は自分の不甲斐なさを感じていた。

「カズさん、大丈夫ですか？」

振り向くと、平田君だった。僕と太田さんのやり取りを見ていたようだ。

「太田さん、完全にまいっちゃってますね……。俺、初めは太田さんのことを誤解してたんすよ。あの人、気ぃ強いじゃないっすか。ぶっちゃけ苦手なんですよね、ああいうタイプ。でも、太田さん、寿苑のことをめちゃくちゃ考えてるんすよ」

「え？」

平田君は苦笑いした。

「太田さんが、誰よりも早く出勤してるの知ってます？　日勤の日なんて、2時間は早く来てくれるんすよ」

そういえば、以前、僕が早く出勤したときも太田さんは7時に出勤していた。そういうことだったのか……。

「カズさんたちに意見したのも、改善できると信じていたからだと思うんすよ。なのに、邪険に思ってたでしょ、太田さんのこと」

「そ、そんな、邪険だなんて……」

僕は否定できなかった。

「辞めちゃいますよ」

「わかっているよ」

「頼んますよ、じゃ！」

「ちょっと待って！」

「なんすか？」

「平田君は、どうして介護の仕事に就いたの？」

「何すか突然。俺は何つーか、ノリっすよ、ノリ！」

「なんだよ、それ」

「ほら、太田さんを止めにいかないと」

太田さんはあの後すぐに吉川施設長に話しに行ったようだ。２人が話しているのを事務所の隅から見守っていると、吉川施設長と目があった。

「近藤君、こっちに来て。それと林事務長。あなたも同席して」

僕らは太田さんと向かい合うように座った。

「実は、太田さんから退職したいと申し出があった。理由は、三枝木さんの事故の責任を取ってということだが……、私は退職の申し出を受理しかねる」

「ちょっと待ってください。本当に、これ以上、迷惑をおかけすることはできません。無理を言っているのは承知していますが、今日付けで退職させてください！」

太田さんは泣いていた。初めて見る彼女の涙だった。

「私も、施設長の意見に賛成です。退職は全力で止めたいと思います」

林事務長も賛同した。

「近藤君は？」

「僕は、僕も、もちろん同じ意見です！」

太田さんの涙につられたのか、なぜか僕まで泣けてきた。

「どうしてカズ君が泣くの⁉」

林事務長のごもっともなツッコミが入った。

「僕は太田さんが黙々と仕事していることを知っています！　入居者さんを思うあま

り、言葉がキツくなるのを知っています！　誰より早く出勤して、笑顔の練習をしているることも知っています！」

もう涙と鼻水でグシャグシャだった。

「私は三枝木さんに怪我を負わせてしまいました。その責任があります……」

しばらくの沈黙を破ったのは吉川施設長だった。

「太田さん。前職で何かありましたか。私には、あなたが何かを怖がっているように思えてなりません」

驚いた。吉川施設長は何もしない人だと思っていたが、本当は誰よりも僕たちのことを見ているのかもしれない。吉川施設長に対して、実は「ダメな人」というレッテルを張っていた自分が恥ずかしくなった。

「……前の職場で主任になった1年目のことです」

太田さんがゆっくりと口を開いた。

「その施設も寿苑と同じようにいつも人手不足で、職場の人間関係は最悪でした。入居者さんの医療依存度もどんどん上がっている状況で、仕事の比重はベテランにのしかかっていました。私はほとんど休めなかったのですが、疲れが溜まって熱を出してしまい、２ヶ月ぶりに休みを取りました。

若手ばかりの現場になってしまったその日、転倒事故が起きました。すぐに報告すれば良かったのに、そのスタッフは隠蔽したんです。結果として、その入居者さんは3ヶ月後にお亡くなりになりました……。遺族は訴訟を起こして、施設長は私にその責任を取るように要求しました」

僕らは黙って聞いていた。

「それからだと思います。入居者さんの安全を守ることこそが、私の目的になりました。事故が起きたら、また責められるんじゃないかと怖かったんです。それなのに三枝木さんに怪我をさせてしまって……」

「大変なことがありましたね」

吉川施設長は優しい眼差しでそう言った。

「入居者さんに怪我をさせてしまったことは、あなたの意に反してしまったかもしれない。でもね、それでも終わりではないのよ」

林事務長は、太田さんの背中をさすりながら言った。

「施設長として、もう一度言います。私たちは、あなたと仕事がしたい。入居者さんだって同じです。三枝木さんは『太田さんは素晴らしい介護職員だ』と息子さんに言っていたそうですよ。三枝木さんが帰ってきたとき、あなたがいなかったら悲しむでしょう。三枝木さんの帰りを待つことは、あなたにしかできない大事な役目です。わかりますね」

1時間に及ぶ話し合いの結果、太田さんは退職を思いとどまってくれた。

ホッとした気持ちと言いようのない疲れを全身に感じながら部屋を出ようとすると、「少し話をしませんか」と太田さんが僕を呼び止めた。個別で話をしたいと言う。

勤務時間を過ぎた僕らは、30分後に近くの喫茶店で待ち合わせることにした。

*

先に店に着いて待っていると、カウベルを鳴らして太田さんが入ってきた。ベージュのコートを羽織って、髪をしっかり整えてきている。私服を見るのは初めてだった。手をあげてこっちだと合図を送った。

「誘っておきながら、遅れてしまってすみません」

そう言って、太田さんは僕の前に椅子に座った。

「カズさんは、お子さんがいますよね。いくつになるんですか？」

「もうすぐ5歳になります」

「可愛いでしょうね」

「そうですね、今が一番可愛いときなのかもしれません」

店内には静かなクラシックが流れていた。大きな窓からは日の光が差し込んでいる。

太田さんはコーヒーを一啜りして、深呼吸をした。

「私は、カヨちゃんに謝らなくてはいけません」

僕はあえて黙ったまま、続きを待った。

「私の家は、とても厳しい家でした。私は、母の期待に応えようと勉強や習い事に一生懸命でした。でも、どれだけ頑張っても褒められたことがありません。褒められるのは、いつも妹でした。それで大学受験に失敗したとき、糸が切れてしまったんです。『私はあなたのオモチャじゃない!』って。母への初めての反抗でした」

僕は窓の外に目を向けた。数人の子どもたちが、チョークで道路に絵を描いているのが見える。

「私、無邪気に笑うカヨちゃんをどこかで妬んでいました。本当は、彼女のように心から笑いたい。でも、それができないんです。だから、羨ましかった。彼女はまるで、私の妹のようでした……」

太田さんの目から、大粒の涙がこぼれ落ちた。僕は、そっとハンカチを手渡した。

「こんな話をしたのは初めてです」

「話してくれて、ありがとう」

太田さんは孤独の終着駅にたどり着いたような、でもホッとしたような表情で微笑んだ。

「僕も父との関係が良くなかったので、ほんの少しかもしれないですが、太田さんの気持ちはわかります。あ、いや、また余計なことを言いました。わかるような、わからないようなです」

「私、カヨちゃんに謝ります」

「太田さん。質問していいですか?」

「はい」

「答えたくなかったら、答えなくも大丈夫ですから。あの……、太田さんは今、お母さんとの関係は良好ですか?」

一瞬の静寂の後、寂しそうに太田さんは言った。

「2年前に亡くなりました……。結局、母には一度も愛していると言ってもらえないまま、お別れすることになりました」

「……変な質問をしてしまって、ごめんなさい」

「いえ、大丈夫です」

「……もし、今、お母さんと1分だけ話せるとしたら、どんな話をしますか？」

今度は長い沈黙だった。失礼なことを聞いているとわかっていながらも、どうしても聞いてみたかった。

「大好きだよって、ただ抱きしめてほしいです」

聞き取れないほど小さな声で、太田さんはそう言った。僕は彼女の涙を見ないように、店の外に目を向けた。いつの間にか、道路に絵を描いていた子どもたちはいなくなっている。

ぼんやりと外の景色を見ているうち、お母さんに褒められた妹さんを羨ましそうに見つめている太田さんの姿が頭に浮かんだ。子どものままの太田さんが、まだ心の中にいるのかもしれない。

それからは何も話さず、ただ店内に流れるクラシックを2曲ほど聞き流した。

「今日はありがとうございました」

「カヨちゃんは、太田さんのことを大好きですから」

太田さんは僕に一礼して店を出た。僕は彼女の背中を見送った。その背中はどんどん小さくなり、僕は彼女のこれからが幸せな人生であるように願っていた。

安全第一という理念

「そうか、良い方向に向かっているじゃないか」

僕とタカさんは、久しぶりに居酒屋に来ていた。

「それで、その入居者さんはどうなったんだ？」

「すぐにオペをおこなって、今はリハビリ病院にいます。おそらく2ヶ月くらいリハビリをした後に、また施設へ戻って来ると思います」

「早く戻って来られるといいな」

「はい！」

「ところで、カズ。『安全第一』という理念について考えたことはあるか」

「うちの法人理念にもあります」

「どの法人も、安全第一を大事にする。それは当然のことだ。でも、安全第一を実現しようとするあまり、入居者の尊厳を踏みにじってしまうこともあるんだ」

「どういうことですか」

僕にはタカさんの言わんとすることがわからなかった。

「僕は安全第一って、素晴らしいことだと思っています。実際、先輩や上司からそのように教わりましたし、部下にも同じように伝えています。それなのに、利用者の尊厳を踏みにじっているんですか？」

「安全を度外視して良いということではないんだ。入居者が安心して暮らせる環境を構築することは、介護の現場において重要だ。そこに異論はない。俺が言いたいのは、安全が『第一』になってはダメだということだ」

「『第一』になる、ですか？」

「たとえば、歩行が不安定な方が椅子に座っているとしよう。その方が立ち上がろうとしたとき、『安全第一』という理念だと、介護スタッフは何と言うと思う？」

「『危ないですから座っていてくださいね』と言います」

「その通りだ。みんなそう言うが、実は介護施設でやってはいけない言動だ。これこそ、尊厳を踏みにじる行為のはじまりだ」

タカさんは話を続けた。

「極論かもしれないが、何度も立ち上がろうとする入居者がいる場合、車椅子に縛り付けておくのが一番安全だろ？　もっと言えば、ベッドに寝かせきりにして、柵をしておけばいい。だが、考えてほしいんだ。入居者の尊厳を本当に確保できているかどうかを。自立の促進はできているだろうか。自己決定は尊重されているだろうか。それを常に考えてほしいんだ」

うちの施設では、タカさんの言ったような言動が当たり前に繰り返されている。「安全第一」という言葉だけが先行して、本質を見失っていた。

「僕の施設でも、そのような言動をとっています……」

「じゃあ、そういう言動を取る職員がいるとして、それはその職員の性格が原因と思っていないか？」

ドキリとした。その通りだったからだ。とくに田島師長の性格はきつい。

「性格じゃないんだ。どの職員も、困ったときには理念という原点に立ち帰る。そして、立ち帰った原点が『安全第一』だ。だから、職員がそうした言動を取るのは、むしろ『安全第一』という価値観に則った行動なんだ。だが、この場合、尊厳を確保できていることが最低限の条件になる。だからこそ、理念を掲げている意味も含めて、しっかりと教育する必要があるんだ。しつこいようだが、俺が言いたいのは、安全を度外視して良いということじゃない。理念にも土台があって、その土台のもとに、安全第一が約束されるんだ」

「その土台が、尊厳の確保や自立の促進、そして自己決定の尊重ということですね」

「もう一度、マザー&ファザー理論を思い返してみてごらん」

そう言うと、タカさんは小上がりの個室から突然、誰かに手を振った。

「おーい、栗木さん。こっち！」

向こうから、初老の男性が歩いてきた。

僕はその男性に会釈した。

「いきいき老人介護クラブの栗木さんだ。長年、医療の現場に携わってきた大先輩でもある」

照れ臭そうに、細い目じりの皺をさらに細める栗木さんは、「そんな大層なものじゃないですよ。ただの古時計です」と笑った。

「初めまして、近藤カズです。寿苑という特別養護老人ホームで主任をしています」

栗木さんは白髪の混じった口ひげをさすりながら、「話は聞いているよ」と微笑んだ。

「栗木さんと出会ったのは8年ほど前、俺がコンサルとして独立した頃だった。俺はとにかくクライアントがほしかったから、初めての仕事に飛びついたんだ。でも、その病院がひどかった」

「どんなふうだったんですか？」

「経理担当者が5年に渡って3000万円を着服していたのに、誰も気づかないような組織だったんだ。経営理念の不透明さに加えて、収益も安全も生産性も成長性も、どれもがダメで、それを良しとしているような環境だった」

栗木さんは「信じられないだろう?」と僕に笑った。

「俺もあがいてはみたが、26人いた看護師が一斉に退職して、組織は崩壊してしまった」

タカさんは、熱燗にタオルを巻いて注ぐと一気にあおる。

「そんな過去があったなんて初めて知りました……」

「俺も人に話すのは、これが初めてだ」

「その病院はどうなったんですか?」

「残っていた院長も、残金を持って失踪!」とタカさんに代わって、栗木さんが答えてくれた。

「さすがに俺も万事休すだと思ったが、残された事務長は、正義感が強すぎて逃げられなかったんだ。患者さんがいる以上、俺はこの場を離れないってね」

「まさかその事務長って」

「そう、栗木さんだ」

栗木さんは「俺のことはいいから、あの『3つの化』の話を、カズくんにも教えてやってよ」と笑った。

「あれを話し出すと、長くなるんですよ」

「俺、好きなんだ、あの話」

タカさんはやれやれと言った感じでノートにペンを走らせた。

・見える化
・劣後順位化
・共通言語化

「いいか。この『見える化』『劣後順位化』『共通言語化』の3つで、組織のコミュニケーションが変わるんだ」

「ぜひ教えてください！」

「いいねぇ」

栗木さんはそう言って嬉しそうに枝豆をつまんだ。

「まず『見える化』だ。たとえば、現場から「忙しい」という声が上がったとする。でも、『見える化』ができていないと、いつ、どの場面で、何が忙しいのかがわからないんだ」

「うちの施設でも、みんな『忙しい』と言っています」

「じゃあ聞くが、いつの時間帯がどんなことで忙しいか把握しているか？」

「いや……」

「そう、把握できていないことがほとんどなんだ。仕事なので忙しい時間もあれば、そうでない時間もあるはずだが、仮に忙しいのは昼の食事介助の場面だけだったとしても、現場はこのピンポイントの忙しさを『忙しい』と一言で片づけてしまうものなんだ」

「たしかに、余裕のある時間帯もあるはずですよね」

「危険なのは、『見える化』ができていないことで、『そんなに忙しいなら人員を補充しなければ』と経営者も間違ってしまうことだ。それによって人件費率が高くなる」

「それはマズイです……」

「人件費率が高いのは『見える化』ができていないことが原因になっている場合が多いんだ」

僕は、急いでメモを取った。

「それだけじゃないぞ。『見える化』をしなければならない場面は他にもまだある」

「たとえば、どんなことですか？」

「相談員は営業や挨拶に行く機会が多いだろう。これは、一般企業の営業マンも同じだ。営業を『見える化』すると、大きく3つの仕事にわけられる」

栗木さんがニヤリとして「一つ目はお客さんに訪問をして売り込みをする時間。二つ目は事務作業の時間。三つ目は移動の時間！」と得意気に言った。

「さすが栗木さん、よく覚えていますね。じゃあ、カズにクイズだ。この3つの中に利益を生まない可能性の高い時間が一つだけある。何の時間かわかるか？」

「すみません、ちょっとわからないです」

「説明しよう。一つ目の『お客さんのところに訪問をして売り込みをする時間』。これは将来的な契約につながる可能性もあるから、この時間が多ければ売上を立てるチャンスが増える。つまり、この時間を増やす努力をする必要がある。

次に、二つ目の事務作業の時間だ。これは、新規客を獲得するというオフェンス面の営業ではないが、既存顧客を流出させないディフェンス面の営業活動と言える。訪問より売上につながる可能性は低いと思うかもしれないが、電話でアフターフォローしたりするからこそ、お客様の満足度は上がるんだ。

そして、三つ目の移動時間。これは、ただ移動しているだけだから、売上が立つ可能性は低い。だから、利益を生まない可能性が高いのは、移動の時間だ」

「なるほど」

「『見える化』ができていないと、勤務中の5割の時間を移動に充てていた、ということが普通に起きてしまうんだ。こんな非生産的なことはないだろ」

「はい」

「だからこそ、移動を徹底的に減らす努力をする必要がある。そのためにも勤務中にどんなことをしているのか『見える化』が必要なんだ。今は営業マンの話をしたが、少なくとも介護職員が一日のなかでどんな仕事をして、何をしている時間が一番多いのかを『見える化』しておかなければ、ミスコミュニケーションを生むことになるぞ」

「『見える化』ができていないと、本当にマズいことになるんだよ」と、栗木さんがまた枝豆をつまんだ。

「カズ、『見える化』は奥が深くて、コストカットについても同じことが言えるんだ」

「うちの事務長も『コストカットだ』とよく言っています。最近は、その影響で僕も口にするようになりました」

「じゃあ、会社のなかで、一番大きな費用がかかっているものが何か知っているか?」

「あまり自信がないですが、人件費ですか?」

「その通りだ。『販管費』と呼ばれる部分で、ほとんどの業種において、一番比重を占めるのは人件費だ。介護業界も例外じゃない。ここで伝えたいことは、『見える化』ができていないと、コストカットをするにしてもワケのわからないことをしてしまうことがあるということだ」

「たとえば、どんなですか？」

「極端な話だが、コピー用紙1枚の値段にこだわるために、隣町まで2時間も車を走らせてしまうようなことさ。たしかに、３５０円のコピー用紙が３４０円になるかもしれないが、『見える化』ができていれば、隣町まで買いに行く必要はないとわかるんだ。その行動が、時間とガソリン代の無駄だと気づけるからな」

「人件費も含めて考えたら、すごく無駄ですね」

「だからこそ、何の販管費が1番大きいかを『見える化』しておかなければならない。そこにアプローチするほうが、無駄なくコストカットできるはずだ」

「『見える化』の重要性がわかってきました」

「オムツやパッドの使い方ひとつをとっても同じことが言えるんだ。どれだけオムツ一枚あたりの単価を値切ったとしても、使い方が間違っていれば、パッドの使用量が増えて、コストカットの努力なんて泡となって消えてしまう。ゴミの量も増えるから廃棄の値段も高騰するだろ」

「そうそう、使い方を間違えちゃうと、尿漏れでシーツやマットも汚れちゃうから、リネン代も上がって、スタッフも余計に忙しくなるよね」

栗木さんが口を挟んだ。

「経験者は語る、ですね」

タカさんと栗木さんはそう言って、二人で笑った。

「だから、オムツの値段をコストカットする場合は、その業務に紐づく介護スタッフの動きまで理解する必要がある。たんに安いものを購入するだけでコストカットしたつもりになるのが、一番怖いんだ。物事にはすべて『適正』がある。これを忘れないでほしい。ただコストカットをすれば良いってもんじゃないんだ」

「ただコストカットすれば良いという考えは、ある意味、危険なんですね」

「『見える化』すると、生産性の高い仕事ができるようになる。売上を職員に開示している法人もあるが、重要なのは、そこから何を読み取れるかだ。やみくもに『見える化』すればいいというものでもない。『見える化』して、その先どうするかが大事なんだ」

「よくわかりました。本当に奥が深いですね……」

「経験者だから言わせてもらうけど、奥が深いからこそ、きちんとやると効果も大きいんだよ」

そう言って、栗木さんは僕にビールを注いでくれた。

「じゃあ次は、劣後順位化だ」

「劣後順位というのは、初めて聞きました」

僕はビールをテーブルに置いて、メモを走らせた。

「劣後順位は馴染みがないだろうな。たとえば、今すでに忙しいなかで、新しいことに取り組むとする。普通はそのなかで優先順位をつけるだろ」

「そうですね。まずはあれをやって、次にこれをやってと決めていきます」

「それが優先順位だが、優先順位は今、目の前にあることに対して順位を決めるだろ？でも、今の仕事量で手一杯なところに、新しいことをはじめたら、さらに仕事が増える。その状況で優先順位をつけたら、オーバーワークになるよな？」

「はい、うちがまさにそんな感じです」

「１００ある仕事量に、さらに20が増えるわけだから、１２０の仕事量だ。これでは誰だってしんどくなる。何より、そんな仕事は引き受けたくないだろ」

「その通りです……」

「だから、優先順位をつけるより前に、『劣後順位化』する必要があるんだ。つまり、何をやらないかを先に決める」

「何をやらないか、ですか？」

「そう、何をやらないかだ。仕事量が120になっても、やらないことを20決めることで、オーバーワークにならずに済む。ところが、劣後順位化をしないで進めると120どころか、150や200にもなってしまう」

「劣後順位化で、100ある仕事を、80に減らして、そのうえで20の新しい仕事に取り組むようにするということですね」

「さっきの『見える化』にもつながるが、しっかりと『見える化』したうえで、劣後順位化をすれば無駄な業務を省けるようになるんだ。だから、新しい取り組みの前には、必ずやらないことを先に決める。これが大切なんだ」

「何をやらないようにするかの判断も、簡単ではなさそうですね」

「本当に必要ないと判断した場合だけ、その業務を捨てるんだ。やらなければならない仕事まで捨ててしまったら、現場が混乱するだろう。その見極めが大切だ」

「重要な仕事と、そうじゃない仕事の見極め方ってありますか？」

「カズはどう見極める？」

「う～ん……」

僕にはわからなかった。

「入居者やご家族に対して、直接的なサービス提供につながらない仕事だ」

「直接的に、ですか？」

「つまり、入居者やご家族に対して間接的な仕事はやらなくてもいい。たとえば、オムツやパッドなどの発注業務だ。オムツ交換は、入居者にとって直接的なサービス提供だろ。でも、オムツの発注業務や納品作業は間接的なサービスだ。よく考えてみろ。オムツの在庫管理に時間を取られたり、納品時に事務所前にドンと大量の段ボールを置かれてしまったり、これらは専門職である介護職員がしないといけないことか？」

「いえ、誰でもできます」

「入居者にとって間接的で、誰でもできる仕事こそ、劣後順位化すべきことだ。これができないと、スタッフは『忙しい』のオンパレードになる」

「うちの施設でも週に2回、オムツが段ボールで大量に送られてきます。事務所の前に置かれてしまうので、どんなに忙しくてもすぐに片付けないと、来客者の迷惑になっちゃうので、介護業務を止めて片付けをしています」

「間接的な仕事をしない、させない、というルールが大事なんだ。俺の有料老人ホームでは、そういう仕事は一切させない。オムツの卸会社には、納品したら材料室まで運んでもらっている。そのときに減っている衛生用品や消耗品があれば、次回の納品時に補充もしてもらう。そこで出た段ボールも卸会社に片付けてもらうようにしているんだ。そのぶんオムツの単価は多少高くなるが、職員は介護に専念できるだろ」

「そこまでやってもらえると、かなり違いますね。ちょっとしたことのようで、作業効率はぜんぜん変わると思います」

「だから、オムツの単価を叩いて、安く仕入れれば良いわけでもないんだ。コストカットをしたことで、結果として、余計な仕事が増えては本末転倒だ。劣後順位化を進めると、カズの会社でもやらなくて良い仕事が見つかるよ」

「みんなに聞いて、余計な仕事をさせない環境作りをしていきます！」

「スタッフに無駄な仕事をさせないことも、立派な報酬の一つだ。そのためにも優先順位以上に、劣後順位に意識を向ける。そうすることで生産性は上がるし、コミニケーションも円滑になる」

栗木さんが満足そうにうなずきながら、また枝豆をほおばった。

「よし、じゃあ最後に共通言語化だ」

「その前に一つ質問してもいいですか？」

「もちろんだ」

「うちは、看護師と介護職員のコミュニケーションがうまくいっていないんです。どちらかというと、看護師のほうが、その、なんて言うか……」

アハハと栗木さんが笑った。

「なんで笑うんですか！」

「ごめんごめん。看護師のほうが強いんだね」

「あれ、わかるんですか？」

「栗木さんは何だって経験済みなんだ」

タカさんと栗木さんには、同じ苦労を乗り越えた絆のようなものがあるのだろう。お互いをリスペクトしていることがよくわかる。

「笑っちゃってごめんね」

「いいえ、大丈夫です。あの、前々から看護師はいつも上から目線というか、怖いんです。介護職が、看護師を恐れちゃっていて、だから、看護師の意見が通るような場面が多くて……」

僕の頭の中に、田島師長の顔が浮かんだ。

「おいおい、看護師が怖いから意見が通っているわけじゃないだろ。いかにも看護師が悪いみたいな言い方じゃないか」

「い、いや……」

　僕が困っていると、「立場が違えば、使う言葉も違ってくるからねぇ」と栗木さんが枝豆を差し出してくれた。

「今の話を聞いて感じたことだが、話していいか？」

「はい、お願いします」

「介護職と看護師のコミュニケーションがうまくいかないのは、まさに今から話す『共通言語化』に原因の一つがある」

「共通言語化ですか？」

「そうだ。しっかりと共通言語化がなされていると、いろいろな職種との連携もしやすくなる。逆に言えば、共通言語化がされていないとミスコミュニケーションの起因にもなるんだ」

「タカさん、共通言語化って、どういうことですか」

「たとえば、カズも現場では『見守り』っていう言葉を使うことがあるだろ」

「はい、しょっちゅう使っています。発熱した方や転倒リスクのある方に対しては、毎日使っている言葉です」

「じゃあ、質問だ。見守りとは、どういう業務だ？」

「安全かどうか、あるいは危険がないかを確認すること、ですかね」

「悪くはないが、今の答えでは、半分正解で半分間違いだ。なぜなら、見守りという言葉には、他の意味や目的がまだあるからだ」

「他の意味や目的ですか」

「見守りと言っても、安全かどうかを見守る場合もあれば、表情や仕草に変化がないのかを見守ることだってあるだろう? つまり、『見守り』という同じ言葉でも、概念が違うんだ。たとえば、今の安全を確認するための短期的な意味合いの見守りなのか、認知症状の変化がないかを知るための長期的な意味合いの見守りなのか」

「意味合いがぜんぜん違ってきますね」

「そうなんだ。共通言語化ができていないと、こうしたところからミスコミュニケーションが生まれてしまうんだ」

以前、田島師長から新人の介護職員が「見守りをしておいて」と指示されたことがあった。そのとき、「何を」「どのように」見守りをすれば良いかがわからなかった新人職員は、その方の横について歩いて回っていた。それを見た田島師長は「何やっているの!」と怒鳴った。

田島師長は、日頃から見守りをしながら仕事をしているので、「あえて」見守りをしていたわけではなかったが、新人の職員からすると、見守りは「あえて」おこなうものだったのだ。

だから、新人職員からすると、横について見守っていたのだろう。お互いに「見守る」という言葉の定義を確認していなかったから起きた悲劇だ。

「タカさんの言う通り、概念が違うとミスコミュニケーションが生まれてしまいますね。僕も現場のみんなからも意見をもらって、共通言語化を進めていきます」

栗木さんは、満足そうな表情をしていた。5年前に定年を迎えたそうだが、栗木さんは今もその病院に顔を出すことがあるらしい。タカさんは言う。

「あのとき、栗木さんまで逃げ出していたら、今の病院は存在していません。病院だけでなく、患者さんを守ったのは栗木さんですよ」

帰り際、栗木さんがボソリと僕に言った。

「タカくんはね、私たちの想像を絶するようなことを乗り越えている。いや、まだ乗り越えていないこともあるかもしれないな……」

「乗り越えていない？」

「何かのときは、力になってあげてほしい。君たちは似ているからな」

僕には、栗木さんの言っていることの意味がわからなかった。

桃太郎に学ぶチームビルディング

僕たちの施設では、年に一度、大きな祭りを開催している。今年もまたその時期がやってきた。

祭りの実行委員長に平田君が、そして副委員長には僕が選ばれた。平田君にとっては、初めて責任者となるこの祭りを成功させたいだろう。

僕はそのフォローをするためにも、組織やチームの作り方について、あらためて教えを請うつもりでタカさんの事務所にお邪魔していた。

「祭りや催し会など、新しいプロジェクトをはじめるとすると、一生懸命に取り組む職員もいれば、時間がないと協力しない職員もいる。いいアイディアが出ても、『そのお金はどこにあるんだ』とストップをかける職員もいる。こんなふうにいろいろな意見が飛び交って、収集がつかなくなるのが組織というものさ。なぜ、そんなことが起こるのかわかるか？」

「それぞれ性格や考え方が違うのが大きいと思います」

「カズは、人間関係の力学を理解しているか？」

「人間関係の力学？」

「誰かと関わるとき、無意識にいろんな力が働くんだ。この力学を理解していないと、つい『あの人とは性格が合わない』と考えてしまうが、実際はそうじゃない。今から話す力学を理解しておくことが大切だ。昔話の桃太郎を覚えているか？」

「もちろんです！」

ハルカは図書館がお気に入りで、休みになると絵本を読みたがった。図書館では定時になると紙芝居の読み聞かせもおこなわれていて、僕らが一緒にいたときに聞いた紙芝居がまさに桃太郎だった。すっかり桃太郎が気に入ったハルカは、家に帰ってからも、ユキに鬼をやっつける話を繰り返していたのだった。

「桃太郎が生まれる前、村は鬼に襲われ続けていた。しかし、桃太郎は成長すると、鬼に勝つための強いチームを作るんだ。そして鬼を退治して、盗まれた村の資産を取り戻すって話だよな」

僕はうなずいた。

「桃太郎以外に犬や猿、キジがいたが、たった4人で鬼ヶ島に向かうのだから、よほどの戦略が必要だろう。少ない人数で最大限の力を発揮するためには、チーム力が不可欠だ。つまり、桃太郎はチーム力を用いて、鬼を成敗したっていうマネジメントの話でもあるんだ」

「えっ、桃太郎はマネジメントしていたんですか」

僕は笑ってしまった。

タカさんは桃太郎と犬、猿、キジの絵を描いた。お世辞にもうまいとは言えなくて、もしかしたらハルカと同レベルかもしれない。でも、笑っている僕をよそに、タカさんは「俺は真剣だよ」と話を続けた。

「桃太郎には、社長やリーダータイプが当てはまる。大きなビジョンを持って、将来の成功を夢見て、アイディアを出しまくり、行動することに全力を注ぐ。ワークホリックにもなりがちで、周囲からはエネルギーに満ち溢れた人という印象を持たれている。そのことに快感を覚えるようなタイプだ。

ただ、おもしろそうなことに飛びつくので、言うことがコロコロと変わる。それに対して、まわりは疲れてしまうが、それには気づかない。行動することのみに価値があると思い込んでいるから、行動ができない人を見ると、『頑張れ』『お前ならやれる』などと言って、人の面倒を見たがる傾向もある。

それによって、逆に周囲を落ち込ませていることにも気づいていない。過去の失敗や消化していないわだかまりがあっても、そこから目を背けるところもある。一見、エネルギッシュだが、身内や会社の従業員、仲間からの批判に弱くて、一度へこむとなかなか立ち直れないんだ」

僕は、自分自身や平田君が桃太郎タイプかもしれないと思った。

「次はイヌだ。イヌは、冷静な実務家タイプだ。介護現場で言うなら、介護職や相談員といった職種が当てはまる。彼らは、日常的な短期業務をこなす。会社の方針に従い、実行する。しかし、桃太郎であるリーダーの言うことがコロコロ変わるので、いつも振り回されて疲弊しやすい。桃太郎がアイディアを出しまくり、いたるところに火をつけるから、イヌ役はその消火役にもなっているんだ。

一方、問題を発見するのが得意で、自分の意見が通ったり、成果が出たりすると、それがモチベーションになる。何をどうすれば良いかを考えるのが得意なんだ。だから、行事やレクリエーションを企画するのが得意な人も多い」

なるほど！　太田さんは完全にこのタイプだ。

「次は、サルだ。サルは、堅実な管理者タイプだ。職種で言うなら、経理などが当てはまる。チェックが厳しく、日頃から緻密な仕事をする。完璧主義者な一面があって、人をコントロールしがちだ。周囲からはいつもイライラしている印象を持たれているので、彼らとうまくコミュニケーションを取れない人もいる。つまり、周囲を無能化させてしまうんだ。日常のルーティンからは外れたくないので、過去の実績や計画通りの動きを、自分にも周囲にも求める。ただ、仕事は完璧にこなすから、上司からの信頼度はかなり高い」

林事務長なんて、まさにサルだ！　口癖にように「それって、いくらかかるの？」という。田島師長も、もしかしたらサルかもしれない。

「最後はキジだ。キジは、とにかく平和主義だ。同時に、愛を持って人に接することができる。たとえば、この決定で誰か嫌な思いをしていないかと気にしているような感じだ。そして、困っている人がいると声をかけるなど、とても優しい。そのぶん、イヌやサルからいじられやすく、ミスも少なくない。普段は当たり前にできることも、イヌやサルの前では、ミスをしてしまう。『無能なヤツ』と思われがちだが、キジがいるだけでその場が和んだりするなど、癒しキャラなんだ。社内では目立たないが、実はキジがいないと組織は崩壊してしまう」

吉川施設長やカヨちゃんは、キジタイプだろう。

「桃太郎が周りを引っ張って、イヌを動かす。イヌは桃太郎を支えつつ、ときには桃太郎に対して釘を刺す。サルは行動計画や事業計画をチェックして、システムを回す。キジは聞き役にまわって、周囲の意見を取りまとめる。こんなイメージかな」

頭の中で想像を広げていたので、イメージしやすかった。

「ただ、これらは組織における役割でしかないんだ」

「役割、ですか。性格じゃないんですか？　僕は、その人の生まれ持った性格だと思っていました」

タカさんは笑った。

「性格だと勘違いするから、組織が混乱するんだ」

「どういうことでしょうか」

「よく、『相手の気持ちになって考えよう』と言うだろ。でも、それは間違いさ。相手の気持ちになる前に、まず自分自身について理解しなければならない。自分を理解していないにもかかわらず、相手を理解するなんて不可能だ。相手を理解するためには、まずは自分自身を理解する必要がある」

まずは自分自身を理解する。僕はメモに赤線を引いた。

「さらに言えば、桃太郎だけがリーダーでいる時代はとっくに終わっている。たしかに物事をスタートするときには、桃太郎のアイディアやエネルギーが必要になる。しかし、組織の成熟度によっては、イヌがリーダーになったり、管理やマニュアルが重要な時期にはサルがリーダーにもなったりすることもあるんだ。組織の調和が大事な場面では、キジがリーダーになることだってある」

「すごいです、そういう組織は強そうですね」

「あぁ。そもそも一人一役とは限らないし、コミュニティが変われば役割も変わるんだ。たとえば、職場でサル役の女性がいるとしよう。仕事は緻密で非常に細かい。しかし、家庭では『天気が良いから、みんなで遊園地に行こう』と桃太郎役をしていることもあるんだ。つまり、個人が持つ性格というより、コミュニティにおける役割と言えるだろう」

「職場と家庭で役割が違うのはわかる気がします」

「過去に、桃太郎の経営者ばかりを集めて実験をしたことがあるんだが、おもしろいことに、桃太郎だけを集めても、その中からイヌになったり、サルになったり、キジになったりする人が自然に出てくるんだ。無意識のうちに、バランスを保とうとするんだろうな。この力学を知ったうえで、コミュニケーションを図ると、『相手の気持ち』がわかるようになる」

　相手の気持ちになって考えようと、当たり前のように言っていたけれど、しっかりと考えたことがなかった……。タカさんは、話しを続けた。

「そもそも、桃太郎は未来を語りたがるんだ。5年後はこういう会社になっているってね。一方、サルは過去を語りたがる。今までの実績はこうだってね。会議では、未来を基準に語る人もいれば、過去を基準に語る人もいる。そうすると、その会議はもう無茶苦茶さ。だからこそ、この力学を理解しなければいけないんだ」

タカさんは組織の規模や成熟度で、イヌやサル、キジもリーダーになれると言う。リーダーには程遠いと思っていた僕がいつの間にか桃太郎になっているのも、たしかに組織における役割という面が大きいような気がした。

次のミーティングでは桃太郎を当てはめてみよう。そう思ったら、なんだか楽しくなってきた。

*

「これが去年の資料よ」

祭りの本番に向けておこなわれたミーティングの初めに、林事務長は去年の計画書を配布した。

そこには予算の詳細はもちろん、準備期間などの工程表もあった。これだけの参考資料があれば、今年も無事に終えることができそうだ。

「もうこの通りでいいじゃない」と田島師長が発言すると、平田君が立ち上がった。

「ちょっと待ってください、何言ってんすか！　毎年同じじゃ飽きませんか？　去年がどうだったかは知らないっすけど、今年は俺が委員長なんで、思い切ったことをやらせてもらいますよ」

来た来た、平田君が桃太郎役だ。今までの僕なら「何を言い出すんだ」と平田君を理解できなかったかもしれないが、今はコミュニティでの役割を理解できている。

林事務長が質問をした。

「どんなことを計画しているのか教えてくれる？」

林事務長はサル役だろう。サル役は過去を重視して、桃太郎は未来を重視するので、林事務長と平田君はぶつかるかもしれない。それに、田島師長も、どちらかというとサル役だろう。平田君を応援するのではなく、批判から入ることが予測できた。

僕がそんなことを考えていることなど知るはずもなく、平田君は自信満々に答えた。

「祭りと言ったら、やっぱ花火っしょ。ドカンとドデカイ花火を打ち上げましょう！」

何の根回しもなく、いきなり発表するのがいかにも平田君らしい。

みんなの目が点になったままでいると、イヌ役のカヨちゃんが最初に口を開いた。

「なんだか楽しそうですね！」

犬役は決まったことに対して忠実に実行するものの、あまりにも桃太郎役が自分勝手なことを言うと噛みつくこともある。

今回のミーティングでは、どうやら僕はコミュニケーションの調和を保って、まとめ役になるキジ役に徹する必要がありそうだ。中立的な立場でこのミーティングを仕切らなければ、うまくいかないことが予測できた。みんなを落ち着かせる目的も兼ねて、僕は質問をした。

「打ち上げ花火をやりたいと言うけど、花火大会のように河川敷などでやりたいってこと？」

「もちろんっす。手持ち花火みたいなチンケなものじゃないっすよ。打ち上げ花火っす！」

さも当たり前かのように言い放った。

「ちゃんと説明してくれるかしら？」

林事務長が説明を求めた。

「だから、打ち上げ花火をするんすよ。この施設のすぐ裏手は河川敷っすよね。1000発くらい、ドカンとデカイ花火を打ち上げたら、みんな喜びますって！」

林事務長がツッコんだ。

「あのね……、打ち上げ花火っていくらかかると思っているの？　安くないのよ。過去にそんなことをやったこともないわ。実績がないのよ。それに、河川敷を勝手に使ったらダメに決まっているじゃない。もっと真面目に考えてちょうだい」

「俺は真面目っす！　みんなこそ、真面目に考えてくださいよ。毎年毎年、同じことをやるだけで、誰のためにやってんのかワケわかんないっすよ。ぶっちゃけ中途半端なんすよ。どうせだったら、年に一度くらいは心から楽しめる企画をしましょうよ。花火なら喜んで見てくれるんじゃないっすかね」

「そんな危険なことできないわよ。ただでさえ、医療依存度の高い方ばかりなのに事故でもあったらどうするのよ」

口を挟んだのは、やはりサル役の田島師長だ。

「そこはまぁ、しっかり対応するっていうか……。危なくないように、みんなで考えましょう。そのための会議っすよね」

カヨちゃんは相変わらず、「楽しそうですね」としか言わない。

「平田君の思いはわかったけど、そんな予算ないわよ。いくらかかると思っているの？」

「大体２００万くらいっすかね」

林事務長が頭を抱えた。

「無理よ……」

「だからぁ、そこを何とかしようって言ってんじゃないっすか。これだから頭の固いっ」

「さぁ！　一度整理しましょう」

僕は急いで止めに入った。感情的になっては、ミーティングもグチャグチャになってしまう。それにしても平田君の言動にはヒヤヒヤさせられっ放しだ。

「まず、平田君からの案として、今年の祭りは花火を打ち上げたいという提案がありました」

「ドカンとでかいやつですよ」

平田君が付け足した。

「問題となる点は3つあると思います。一つ目は、予算。例年の10倍以上かかるであろう予算をどう確保するかです。次に二つ目。河川敷の使用許可です。勝手に使うことはできませんので、行政への申請が必要でしょう。そして、三つ目。入居者さんの体調面です。近場とはいえ、河川敷まで行けるかどうか。スタッフもしっかりと配備しなければいけません。それに、花火を観に行くことができない人もいるでしょう。

そうしたときの不公平感をどう埋めるかも課題となりそうです」

「そうね、この3つの課題を解決しない限り、平田君の案には賛成しかねるわ」

林事務長がそう言うと、平田君は意地になって言った。

「逆に言うと、3つの課題が解決すればOKってことっすよね？」

そう言ってニヤリと笑った。こういうときの桃太郎役のエネルギーは強い。「平田君なら本当に実現させるかもしれない」と僕は直感的に思った。

ミーティングはこれでお開きとなり、次回は2週間後になった。そして、それぞれが3つの課題に、どう対策を講じるかを検討することになった。

花火大会の行方

　それからというもの、平田君は真剣に仕事に取り組むようになった。本気で祭りを成功させたいという思いが、ひしひしと伝わってきて、僕も何とかして実現したいと思うようになっていた。

　そして、２週間後。前回と同じメンバーが集結し、ミーティングがはじまった。司会は、キジ役の僕が務めることになった。

「では、宿題になっていた３つの課題について、もう一度おさらいしましょう。一つ目は予算の問題。二つ目は河川敷の使用許可の問題。三つ目は入居者の体調の問題です。一つ目から進めていきましょうか」

　平田君が立ち上がった。

「俺の知り合いの知り合いの知り合いに花火師がいたので、話を聞いてきました。金額ですが、１０００発なら２５０万円はかかるとのことっす。それと受注してから作るので、１ヶ月前までには注文してほしいってことっす」

　ということは、実質あと２ヶ月以内に２５０万円を準備する必要があるということか……。平田君は話を続けた。

「それと、もし雨が降ったら、その花火は使えなくなっちゃうそうっす」

「花火は、その日限りじゃないとダメってこと？」

林事務長が質問をした。

「はい。予備日を設けたいと言っても、ダメみたいっす。規則みたいなのが厳しいみたいっすね」

雨で２５０万が吹っ飛ぶ可能性があるということだったが、どうなるかわからない天気を気にしても今は仕方がない。

「それで、２５０万円というお金はどうやって集める？　予算がある以上、林事務長の意見は変わらないと思うけど」

僕がそう言うと、林事務長は腕組みをしたまま大きくうなずいた。

「募金とかっすね」

「募金と言っても、さすがに額が大き過ぎるんじゃないかな？」

「だから！　それをみんなの意見をくださいって言ってるんすよ」

平田君がイライラしているのが伝わってきた。

「あの……」

カヨちゃんだ。

「あの、もし仮にお金が集まったとしても、河川敷を使うことはできるのでしょうか。そもそも河川敷を使えなければ、募金活動が無意味になってしまう気がします」

もっともな意見だった。

「そこは僕も調べたのだけど、国土交通省の管轄みたいです。僕たちのエリアを管轄している河川事務局があるようで、問い合わせてみました」

「で、どうでした、ＯＫっすか？」

「結論から言うと、『できないこともない』という回答だった」

ハッキリしろよと平田君が毒付いた。

「『できないこともない』とは、どういうことかしら？」

林事務長がこんなことを聞くということは、ちょっとは前向きに考えてくれているのかもしれない。

「まず、安全管理上、広いスペースが必要になります。そのため、花火設備付近や危険立ち入り制限をしたり、一般の見学客が来たときの対応など、細かい計画書の提出を求められます」

「俺、作りますよ！」

「僕だって手伝うよ。でも、やはり天候に左右されるのが現実らしい。たとえば、当日が晴れたとしても、前日に降った雨で水位が上がってしまうと、中止せざるを得ないんだ。花火大会は、基本的にはもっと大きな規模感で開催するから、スポンサー企業がいくつも名乗りを上げる。だから、中止になってもかすり傷で済むらしいのだけど、自分たちだけで開催するとなると、そうはいかない。事務局の人は『そうしたリスクを背負えるなら、申請書を提出しても良い』と言っていたよ。しかも、天候による中止は事務局の判断らしく、『たとえ中止という判断をしたとしても恨まないでね』と言われた」

「そもそも、ただでさえ忙しいのに、花火のために入居者を連れ出すなんて絶対に無理よ。もし事故でもあったらどうすんの？　あんた責任を取れるの？」

ここまで黙っていた田島師長がついに口を開いた。サル役らしい発言だった。ただ、サル役は何でも否定するわけではない。実際、田島師長の言う通りで事故でもあったら大変だ。

「責任でも何でも取りますよ。俺は逃げも隠れもしません。でも、どうして、そんな消極的なんすか。理解できないっすよ。入居者さんたちに喜んでもらいたいってだけなのに、なんで協力してくれないんすか。やれない理由ばっかで、どうしてやれる可ろうとしないんすか」

「平田君、そういうわけじゃないんだ。君の企画を否定しているわけじゃない。ただ、過去に実施したことがないくらい壮大な企画だから、戸惑っているんだ。誤解しないでほしい」

「ということは、カズさんは俺の企画に賛成ってことっすよね？」

まったく困った後輩だ。一度決めたら頑固にやり遂げる性格は、入社当時から全然変わらない。

まだ、平田君が入社したばかりの頃の話だ。

初めて任されたレクリエーションの企画で、三味線の演奏が大好きな入居者さんのために、わずか1ヶ月ほどで日本古謡の『さくらさくら』を彼はマスターしたのだった。あのときと同じ目をしている。入居者さんに喜んでもらうためなら、いくらでも頑張る。平田君にはそんなところがあり、僕は彼のそういう部分を尊敬していた。

「あ、あの。私は賛成です。私、打ち上げ花火をみんなで見たいです」

カヨちゃんが賛成に一票を入れた。意外だった。

犬役は決まったことには応えてくれるが、自分の意見を言うことはあまりない。ところが、カヨちゃんは『私はこう思う』『こうしたい』と、自分の考えを言葉にしている。

いつの間にかカヨちゃんも成長していた。僕は嬉しかった。

しかし、そんな感慨に耽る間もなく、田島師長が「私は反対」と主張した。林事務長は「すべての問題がクリアにならない限り、賛成できない」という。

「僕は、平田君の案に賛成です。何とかやれる道を探したいです。もしかしたら、250万円を集められるかもしれない。もしかしたら、当日は晴れるかもしれない。入居者さんたちも体調を崩すことなく、当日を迎えられるかもしれない。僕は、前向きに取り組んでいきたいと考えています」

平田君が満面の笑みを浮かべた。

「賛成3票。反対2票。これで決まりっすね」

平田君の言葉に林事務長は頭を抱えた。僕は、桃太郎役にもう一度伝えた。

「平田君、これで確定ではないよ。実現できる計画を立てることが大事だ。林事務長や田島師長が心配するのは当然のことなんだ。お二人は意地悪で反対しているわけじゃない。そこはきちんと理解してほしい」

「合点でっす！」

今度はサル役の二人を見た。

「お二人の考えはよく理解できます。異論はありません。予算のなかで運営すること、安全の確保は欠かせない視点です。ただ、リスクを100%回避した運営もできません。もちろんリスクは少ないに越したことはないですが、限界があります。そのため、徹底した計画のもと、実行することが求められます。僕も平田君をサポートしますので、どうか応援していただけませんか？　250万をどう集めるかは模索しますが、僕も入居者の皆さんと一緒に打ち上げ花火を見てみたいです」

田島師長は変わらず否定的だったが、結果として、林事務長は承諾してくれた。ただし、

・残り2ヶ月で250万円を集めること
・河川敷の使用許可を得ること
・入居者の体調には十分考慮して、当日は田島師長に指示を仰ぐこと

この3つが条件となった。どれか一つでも満たされない場合、例年通りの祭りとすることで平田君も納得した。

＊

それから数日に渡って河川事務局の方とやり取りした結果、河川敷の使用許可は、思っていたよりもすぐに認可された。僕らの執念かもしれない。

次に、入居者さんの安全の確保だったが、僕らは綿密に計画を練って、当日は人員を手厚くしたうえで、時間に余裕を持ったスケジュールを組むことにした。

この作業で何が苦しかったかと言えば、田島師長の了解を得ることだった。通常業務に負荷がかかることを嫌っていたので、職員以外で花火大会を手伝ってくれるスタッフを確保しなければならなかったのだ。

そこで僕らは吉川施設長に相談した。こういうとき、頼りになるのが吉川施設長で、結果として、吉川施設長からお願いをしてもらい、13名のボランティアさんが手伝いに来てくれることになった。

こうして、2つ目と3つ目の課題はどうにか解消できたものの、まるで目途が立っていなかったのが資金集めだった。

平田君が施設の玄関に設置した募金箱もいっこうに貯まる気配はなく、3万円集まるのがやっとの状況だった。画期的なアイディアが浮かぶこともなくぼんやりしていると、事務所の外で平田君の怒鳴り声が聞こえてきた。

「うっせぇ！　いつまでも文句ばっか言ってんじゃねぇ！」

「また……」

僕は舌打ちをしながら駆け出ると、田島師長に平田君がキレていた。

「どうしたって言うんですか」

「し、知らないわよ。いきなりこの子が怒鳴ってきたんだから」

そう言って、田島師長は逃げるように現場へ走って行った。

「少し話そうか」

そう促して施設の駐車場に移動すると、アスファルトにこもった熱が足元からむわっと立ちのぼってくるのを感じた。

「俺、キレちゃいました」

「知ってる。大したキレっぷりだったね」

ハハと笑うと、平田君は肩を落とした。

「あのババァ。前々から、カズさんや吉川施設長の悪口を言ってるんすよ」

「ババァは止めよう。冷や冷やする」

「でも！」

「知っているよ」

「え？」

「悪口のことくらい知っているよ」

「そうだったんっすか……。みんなで頑張っていこうってときなのに、あのババァは」

僕は、平田君の肩をポンと叩いた。

「自分が悪く言われるぶんには何とも思わないっすけど、仲間のことを悪く言われるのは我慢できないんすよ」

「嫌な思いをさせたね」

「どうして怒らないんすか！　俺、悔しいっすよ」

「僕も同じ気持ちだよ」

「だったら、なんで！」

「平田君の気持ちは本当に嬉しい。そんなに怒ってくれて、むしろスッキリしたよ。だから、今は花火大会のことに集中しよう」

「……」

「次のミーティングまでに目処を立てないと、あきらめるしかなくなってしまうんだ」

「俺……負けないっす」

平田君はそう言ったものの、正直、僕はあせっていた。他の施設に合同開催を持ち込むなど、それからも考えられる限りのことはしたが、状況が好転することはなかった。

やはり無理なのか……。

いよいよ翌日にミーティングを控えた日、僕と平田君は吉川施設長に呼ばれた。ひょっとすると、この段階で花火大会の計画中止を提案されるのかと思って応接室に入ると、そこには見慣れた2人の男性がいた。いつもオムツなどの衛生用品を納入してくれる小林さんと、薬局の神村さんだ。

「どうぞ、座ってください」

吉川施設長に促され、僕らは座った。

「小林さんと神村さんが、君たちに話があるというのでね」

小林さんと神村さんは笑顔だった。

「花火大会を開催すると聞いたとき、素晴らしい企画だと感動しました。こんなことをやろうとする施設はなかなかないと2人で話していたんです。微力ではありますが、私の会社から100万を、神村さんの会社から100万を、それぞれ応援させていただきたいと思っています」

小林さんが言い終えるよりも前に「本当ですか！」と僕と平田君は同時に声をあげた。

「もちろん本当です」

神村さんの優しい笑顔が僕らを包み込むようだった。

「私の母も、故郷の特別養護老人ホームに入居していました。もう6年前の話になりますが、施設の皆さんによくしてもらったものです。その施設でも、寿苑と同じように毎年お祭りを開催していて、母も楽しみにしていたんです。ところが、お祭りの2日前に体調が悪化してしまってね、そのまま亡くなりました。楽しみにしていたので残念で仕方なかったんですよ」

「そうだったんですか……」

何と声をかければいいのか僕はわからなかった。

「それで、施設に貼り出されている貼り紙を見て、何かお手伝いしたいと施設長に相談させていただきました。私の推薦も兼ね、勝手ながら小林さんにもお声かけした次第です」

小林さんは「私もこの楽しい企画に参画できて嬉しい限りですよ」と豪快に笑った。

「私たちの気持ちを気にせず、受け取ってほしい」と神村さんが言ってくれた。

「ありがとうございます。でももし当日に雨が降ったら、中止になってしまうかもしれません。それでも良いのでしょうか」

大きなお金なだけに僕は不安だったが、「それでも良いと言ってくださっています」と吉川施設長が微笑んだ。

「めちゃくちゃ、めちゃくちゃ嬉しいっす！　本当に本当に本当に、ありがとうございます！　でも！　まだ50万円足りないっす‼」

平田君が勢いよく立ち上がって唇を噛んだ。

「問題ありません。先ほど、私から林事務長には話をつけておきました」

ミラクルが起きた瞬間だった。まさか吉川施設長が動いてくれるとは……。予想外のことに、僕も平田君もすぐには言葉が出なかった。

「小林さんも神村さんも支援をしてくださると言ってくださいました。それなのに、施設長である私が何もしないわけにはいけません。残りの50万は、施設側から予算をつけるように決定しました」

僕と平田君は飛び上がって、そして抱き合った。

やった！　これで花火大会ができる！

僕たちは喜びのまま、翌日のミーティングで「承認」をもらった。

「本当によかったです！」とカヨちゃんは一緒になって喜んでくれ、林事務長は「前例のないことだから」と心配していたものの、僕らが用意した計画書を見て納得してくれていた。

ただ、田島師長は最後まで否定的だった。余計な労力がかかること自体、ストレスでしかないのかもしれない。


それからの準備の2か月は、勤務が終わってからも居残りで準備を重ねた。

実行委員ではない太田さんが手伝ってくれたことをきっかけに、他のみんなもサポートしてくれるようになり、その輪はどんどん広がっていった。そして、協力してくれたスタッフのサンクスカードにシールを貼ることで、僕らのチームは一気に活性化した。

僕は、タカさんに教わった無意識下での残業の強制に気をつけながらも、寿苑がかつてないほど一つにまとまってきているのを感じていた。それは、同じゴールを目指しているという充実した時間だった。

そして、花火大会の前日。

気になるのは天候だけだ。予報では曇りとなっていた。なんとか中止だけは避けたいが、天候だけはコントロールできない。僕らは最後の確認作業を終えて、家路についた。

「明日の花火大会。お天気、大丈夫かしら」

ユキがカーテンの隙間から外を眺めていた。

「今日まで頑張ってきたから、なんとか持ち堪えてほしいね」

「きっと大丈夫よ」とユキは励ましてくれ、僕も本当に大丈夫な気がしてきた。

「そうだ！　ハルカにお願いがあるんだけど聞いてくれる？」

「パパ、なあに？」

「テルテル坊主を作ってほしいんだ」

「テルテル坊主？」

「晴れるように祈りを込めて、お人形さんを作るんだよ」

「テルテル坊主、作る！」

ユキも一緒になって、みんなでテルテル坊主を作った。


その夜、僕は布団の中で、あらためて桃太郎理論を思い返していた。

平田君は突拍子もないアイディアを出した桃太郎役。林事務長と田島師長はそれにストップをかけるサル役。カヨちゃんは準備などで走り回ってくれたイヌ役。僕はそれらをまとめるキジ役だった。

タカさんから桃太郎の話を聞いていなかったら、花火大会のアイディアは誰からも相手にされなかったかもしれない。コミュニティにおける役割を理解できたおかげで、客観的に、そして冷静に物事を捉えることができたのだと思う。

僕は今まで、主任の自分だけがリーダーシップを発揮するものだと思っていたが、そうではなかった。重要なのは、コミュニティにおける自分の役割を理解することだ。それだけで、これほどまでに見方が変わる。

もちろん小林さんや神村さん、そして吉川施設長の存在を忘れるわけにはいかない。3人の支援があって、ここまでこぎつけることができたのだ。奇跡が重なっただけで、僕に力があるわけではないだろう。

でも、それで良い。今はただ明日を迎えられることに感謝し、成功を祈るだけだった。

タカの十字架

「花火大会、大変だったろう。あれだけの花火を打ち上げるなんて簡単なことじゃない。よく頑張ったな」

驚いたことにタカさんの事務所からも、僕らの花火が見えたそうだ。

ハルカが作ったテルテル坊主のおかげなのか、それともみんなの頑張りを神様が見ていてくれたのか、僕には分からなかったが、雨にも降られずに今回の花火大会は大成功に終わった。タカさんに褒められてお酒も進み、僕はほろ酔い気分だった。

「そう言えば、以前、膿を出し切ることで組織変革は進むと教えてくれましたが、花火大会が終わって何日か経ってから、看護師長が突然、退職することになりました」

「何かあったのか?」

「パワハラです。退職したスタッフが弁護士に相談したそうで本人も認めたようです」

「なるほどな」

「突然のことすぎて、びっくりしました」

「しかし、それはカズの組織変革が順調に進んでいることの証でもあるんだ。その意味では自信を持っていい」

「ありがとうございます」

「ところでカズは、どうして介護の仕事をしようと思ったんだ？」

「僕は5歳のときに両親が離婚していて、父方に育てられました。といっても、父は忙しかったので、父の代わりに僕をかわいがってくれたのは祖母でした。それで、祖母のような高齢の方と過ごすことのできる、介護の仕事を選びました。でも、僕が社会人2年目のときに祖母は亡くなってしまい、ちゃんと恩返しができなかったことが心残りです」

　話をしているうちに、祖母のことを思い出していた。

「カズはその思いで仕事をしていたんだな。お父さんは元気にしているのか」

「……わだかまりがあって、正直ほとんど会っていません」

　僕は返事を待っていたけれど、タカさんは何も言わず、グラスのお酒をグッと飲み干した。沈黙が重たく流れていく。店内には、僕らの他に一組の客がいるだけだった。

「タカさんはどうしてコンサルタントになろうと思ったんですか？」

　空気を変えようと聞いてみた。

「カズには話したことがなかったな」

「よければ教えてください！」

「大学3年のときに、ある特別養護老人ホームへ実習に行ったんだ」

「そういえば実習ってありましたね」

「そこは、5年連続退職者が出ていなくて、介護職員全員が介護福祉士の資格を持っている施設だった」

「すごい施設じゃないですか」

「だから、教授は俺を送り出してくれたんだが、実習の初日、施設に入ると罵声が聞こえてきた。入居者に対して、職員が怒鳴り散らしている声だった。こんな施設が『素晴らしい』と言われていることに俺はびっくりした。罵声だけでなく、虐待と思われる言動もあって、すぐに俺は教授に電話をしたんだ。最初、教授は『そんなことがあるはずがない』と俺を疑った。過去に何人かの先輩がその施設で実習を受けているのに、そんな報告を受けたことはないってな」

僕は、黙ってうなずいた。

「ただ、教授は俺がそんな冗談を言うヤツじゃないこともわかっていたから、お願いをしたら、すぐに実習先に来てくれたんだ。俺は見たままのことを、教授と施設担当者に話した。担当者は『数時間しか見ていないのに何がわかるんだ』と怒っていたが、俺は怯まずに『これは虐待にあたるから公的機関に通報する』と言ったんだ。教授も『うちの生徒が嘘をつくはずがない』と擁護してくれて、最後には『ここで実習しても、君のためにならないから帰ろう』と言ってくれたんだ」

そのときから、タカさんは軸のブレない人だったのかもしれない。

「虐待のことは、教授が対応してくれて、1ヶ月後、その施設は高齢者虐待認定法人として新聞に載っていたよ」

「介護職でなく、どうしてコンサルタントだったんですか」

「介護の仕事に就きたいと考えていたが、この一件で、適正運営をすることが、サービス提供者の使命だと考えるようになった。だから、コンプライアンスを守ることに命をかけている。『尊厳の確保』『自立の促進』『意思決定の尊重』を徹底した運営にこだわっているんだ」

タカさんが、「マネジメントを整えることが適正運営につながる」と言っている理由がわかった気がした。

「タカさん、これからも、僕の師匠としていろいろ教えてください」

「もちろんだよ」

「それにしても、なんで僕に親切にしてくれるんですか？」

タカさんは、なぜか一瞬寂しそうな顔をした。

「……カズが俺と似ているからかな」

僕はあまりピンと来ていなかったが、以前、栗木さんにも僕とタカさんは似ていると言われたことがあった。

「だからかな、ハルカちゃんが入院したと聞いたとき、いてもたってもいられなかった。カズも、俺と同じ道を進むんじゃないかと……」

「どういう意味ですか?」

タカさんの瞳が揺らいだ。僕が頭をかいていると、店の前を通り過ぎるバイクのエンジン音が聞こえた。

「カズは、『ラストピースマネジメント』という本を読んだことはあるか?」

「いえ、初めて聞きました。」

「初版はもう70年以上も前だったはずだ。当時は軍隊式ばかりで、組織マネジメントなんて概念がなかった。だから、この本を評価するリーダーなんていなかったんだ。でも、この本は組織の歪みをどう解決すればいいかが書かれている」

「読んでみます」

「俺がこの本に出合ったのは5年前で、初めて読んだときには驚いたよ。なぜなら、俺が歩んできた人生そのものが説明されていたからだ」

そう言うと、タカさんはグッと唇を噛んだ。

「俺は知らなかったんだ。夫婦関係を取り持つために、子どもが病気になるなんて。もっと早く気づいていれば、もっと早くこの本に出合っていれば……。娘を、娘を死なせることはなかった」

胸の痛みを吐き出すように、タカさんは全身を震わせながら嗚咽した。

後から栗木さんに教えてもらったことだが、タカさんは当時、仕事が忙しくなりすぎて2ヵ月以上も家に帰れなかったそうだ。夫婦仲も険悪になり、奥さんが実家に帰って、1ヵ月後に何らかの理由で娘さんは5歳で亡くなったとのことだった。

栗木さんは、タカさんもまだ乗り越えていないものがあると言っていた。その意味がようやくわかった気がする。タカさんは今も、娘さんや奥さんへの十字架を背負ったまま生きていた。

「取り乱して悪かったな」

僕たちは店を後にして、最寄りの駅まで歩いた。

「カズ、仕事と家庭は直結している。だから成功とともに、組織や家庭に亀裂が入ることは不思議なことじゃないんだ」

「今ならわかる気がします。でも、どうして間違ってしまうんでしょうか。家族が大事だとわかっていたことなのに……」

　タカさんは立ち止まった。

「セミナーの会場で会った頃と比べると、ずいぶん表情も凛々しくなったな」

「どうしたんですか、急に」

「カズ。そろそろ、ラストピースを埋めていいんじゃないか」

「ラストピース？」

「家族が大事とわかっていながらも間違ってしまう理由は、そこにある」

「それが何か、教えてもらえないんですか」

　タカさんは笑った。

「見てみろよ。星が綺麗だ」

　澄み切った空気の遥か向こうに、大きな星が輝いていた。その星は何も語らず、優しく僕らを見守っているようだった。

「綺麗ですね」

「あぁ、すごく綺麗だ」

　僕らはそれ以上何も話さず、しばらく立ち止まって星を眺めていた。

ラストピース

窓から見える景色は、コートを羽織る機会が減るのに比例して、緑の割合が増えていた。

この春、ハルカは小学校に上がる。家の中には、新調した学習机や本棚、ランドセルなどが溢れ返っていた。

僕はといえば、忙しくしつつも、短期業務はどんどんボトムアップを求めるようにして、長期業務に軸足を置いた仕事ができるようになっていた。仕事にやりがいを感じているスタッフも、以前に比べて増えたように感じる。

いい循環になったおかげだろうか、ホームページを見た方から介護職への応募もあった。経験はなかったものの、優しく誠実な男性が入社してくれることになったのだ。

ただ、あの日、タカさんからもらった宿題である「ラストピース」については、わからないままだった。

「ねぇ、そういえばお義父さん、この春で定年ね」

リビングからユキの声が聞こえたが、僕はせわしなく2階の片づけを続けていた。

不要なものを捨てるつもりでクローゼットを開けると、これまでに買い漁った山のようなマネジメントの本の上に、ある本が乱暴に置かれていることに気がついた。

以前、ユキが父から預かった本だった。

何の気なしにそれを手に取ってブックカバーを外した瞬間、「えっ！」と僕は声を出してしまった。いつかタカさんが話していた『ラストピースマネジメント』という本だったからだ。父さんもこの本のことを知っていたのか……。本には手紙が挟まっていた。


「カズへ。お前と話をするとつい言い過ぎてしまう。だから、手紙を書くことにした。素直に感情を言葉にすることが苦手なんだ。許してほしい。

ユキさんから、お前が介護主任になったと聞いた。まずは、おめでとう。真面目にコツコツと頑張ってきたお前を、会社が評価してくれたんだろう。お前が介護職になると言ったとき、私は正直心配だった。世間では、低待遇だとか人手不足だとか、お世辞にも良い印象を持てなかったからだ。しかし、そんなことをもろともせず、頑張っているお前を見て、今は安心し、尊敬している。

私は、役所に勤めて30年以上になるが、初めて部下を持ったときはとても苦労した。その頃のお前はまだ5歳で、可愛い男の子だった。しかし、仕事が忙しくなって、家を空けることが多くなると、母さんとの喧嘩が増えてしまった。私が未熟だったせいで、結果としてお前から母さんを奪ってしまい、寂しい思いをさせたと思う。申し訳なかった。

だからこそ、お前には私と同じ失敗をしてほしくない。お前のそばには、いつだって大事なユキさんとハルカちゃんがいることを忘れないでほしい。父より」

手紙を読んでいるうち、なぜだか涙が溢れていた。

いつかタカさんは「家族関係がうまくいっていないと仕事に自分の居場所を見出そうとする。自分を癒すことを第一優先で仕事をしてしまう」という話をしてくれたことがあった。

僕はそれを家族関係に問題を抱えた人の話として聞いていたが、そうではなくて、あれは僕の話だったんだ。だから、タカさんは「トレンドの表現を使うリスク以外に、何か気づいたことはないか」と聞いていたんだ……。

傷つくことを怖がって、父さんの存在を拒んできたけれど、父さんは僕のことを気にしてくれていた。本当は愛してくれていたんだ。

僕は凍っていた心の氷が溶け出して、それが涙となって流れる感覚に襲われた。「ラストピース」とは、このことだった。僕のラストピースは、ここにあったんだ。

5歳のときに止まってしまった時計が、ゆっくりと動き出すのを感じていた。穏やかな春風に身を委ねる桜のように、僕の心に大きくて優しい命が芽生えた瞬間だった。

振り返るとユキがそこにいて、ただ涙を流す僕を何も言わずに抱きしめてくれた。

「ねえ、ユキ。お願いがあるんだ。父さんの定年のお祝い、何がいいと思う？　一緒に選んでくれないか？」

ユキは笑顔でうなずいてくれた。

エピローグ

「近藤くん、ちょっといいですか？」

施設長に呼び出されると、何か問題があったかと不安になる。

「今日は君の今後について話がしたいと思っています」

「僕の今後ですか？」

「君には感謝しています。私は介護施設がどういうところかよくわからずに、施設長という大役を拝命しました。だから、深く知れば知るほど怖くなっていたんです。問題を解決したと思っても、それ以上に大きな問題がまたやってくる。そういう煩わしさに、私は目を背けていたかもしれない」

「は、はぁ……」

「しかし、君は違った。いつも前向きに仲間たちと歩幅を合せて、どうにかしようとしていました。私はそういう君を尊敬していたんです」

「やめてください。僕もまだ正しい道を探っているんですから」

「君の言う通り、その道が正しいかどうかは誰にもわからないが、誰かが一歩を踏み出さなければ道は開けません。君は先頭に立って道を開いてくれたように思います」

「施設長からそう言われるとなんだか恥ずかしい気持ちと驚きと、いろんな感情です」

「それで、です。実は私たちの法人も、二つ目の施設を設立することになりました。場所はここから車で15分のところで、開所時期は2年半後を予定しています」

「また忙しくなりそうですね」

吉川施設長は、コホンと咳払いをした。

「そこで、君に施設長を任せたいと思っています」

「えっ？」

「施設長を任せたいと思っています」

「ぼ、僕がですか⁉」


「聞きましたよ、カズさん！」

平田君が近寄ってきた。

「俺、新しい施設について行きたいっす」

誰から聞いたのかわからないが、こういうときの平田君は情報が早い。

「立ち上げってやってみたかったんすよねぇ〜」

「平田君と一緒？　それはちょっと嫌だなぁ。君はすぐに遅刻するだろ」

「ちょっと、カズさん。それ、何年前のことっすか。もう遅刻なんてしてないっすよ！」

「ハハハ、ちょっと意地悪を言っただけだよ」

平田君は1年前に副主任になっていた。それからというもの、遅刻は皆無だ。

「立ち上げはエネルギーがいるから、君がいてくれたら心強いよ」

「さすが、カズさん！　俺は真剣なんで、考えといてくださいよ！」

そう言って平田君が現場に戻っていくと、今度は太田さんが声をかけてきた。

「相変わらず二人は仲が良くて、見ていて楽しいです」

「人ごとだと思って。平田君の相手も疲れるんだよ」

僕たちは、笑い合った。

太田さんは、平田君よりも少し前に副主任になっていた。僕が推薦したのだった。

はっきり言って、太田さんが副主任になったことで業務は驚くほどスムーズになっていた。僕が短期業務から離れて、教育や採用や広報などの中長期業務に専念できるようになったのも、太田さんの力が大きい。

「そういえば……」と太田さんは思い出したように言った。

「平田君、どうして介護職になったのかを聞かれて焦ったって、言っていましたよ」

たしかに聞いたことがあった。

「彼ね、18歳のときに親友をバイク事故で亡くしたそうなんです。そのとき、命って何だろう、生きるって何だろうと、命の大切さを真剣に考えたんですって。だから、人生の先輩たちから命の大切さを学びたいと思って、この仕事をはじめたそうです」

「ノリだって言っていたけど……」

「私も最近知ったんですよ」

「あいつ、直接言ってくれたら良いのに……」

「私も同じことを言ったんですよ。隠す必要ないじゃないって。そしたら」

「カズさんに知られたら、かっこ悪いって言うんですよ。思わず笑っちゃいました」

「そしたら?」

「なんだよ、それ!」

いつもはふざけている平田君が、命について真剣に考えている。その答えが見つかったのかはわからないが、彼は彼なりに必死に命をつないでいるのかもしれない。そう思うと、平田君が愛おしく思えた。

「それから、カズさん。カヨちゃんのことは任せてください。甘えん坊なところはありますが、私よりも素晴らしいリーダーになってくれるはずです」

太田さんがこの施設にいてくれれば安心だ。今ならわかる。仲間のことも入居者のことも、彼女に任せれば間違いないだろう。

僕は、安心して寿苑を飛び立つことができそうな気がした。

*

「皆様、本日はお忙しいなか、私たち特別養護老人ホーム第二寿苑の開所式にお越しいただき、ありがとうございます。ここで、施設長より挨拶させていただきます」

僕は、大きな拍手で迎えられた。

「皆様、こんにちは。施設長の近藤カズと申します。本日はお忙しいなか、私たちの開所式にお集まりいただき、本当にありがとうございます」

ダメだ、感情が昂ってまだ何もしていないのに、なぜか涙が出てくる……。

言葉に詰まっていると、「パパ、頑張れー」という小さな男の子の声が聞こえた。振り返ると、すっかり大きくなったハルカが「しっ！　お姉ちゃんと約束したでしょ」と弟のカナタを叱っていた。そのやりとりを見ていたユキが申し訳なさそうな顔をした。その隣にいる父さんは、孫の頭をやさしく撫でてくれている。

「僕は何をやっても自信が持てませんでした。仲間がいなければ、何もできないような男でした。しかし、ある人が教えてくれたんです。『乗り越えた壁は、いつか自分を守る盾になる』と。そして、その人は言いました。家族を愛すること、仲間を信じることが人生の喜びなのだと」

僕が挨拶を終えると、大きな拍手が沸き起こった。僕はユキのところへ向かった。

「ユキ。愛しているよ。誰よりも愛している。いつも僕を、僕たち家族を支えてくれて本当にありがとう」

思い返すと、本当に険しく、高い壁がたくさんあったような気がする。しかし、タカさんが言ってくれた通り、その壁を乗り越えたとき、たしかにそれは僕を守る盾となった。タカさんとの再会を果たしたあの日、僕の運命は変わった。

「マネジメントはテクニックじゃない。魔法みたいなテクニックは存在しないんだ。だから、教えられることは、仕事の素晴らしさだけかもしれない。それに、痛みを伴う場面もあるだろう。それでもいいかな?」

優しく微笑んだあの笑顔を僕は忘れないだろう。

完

おわりに代えて

本書を手に取っていただき、そして最後まで読んでいただき、本当にありがとうございました。

この物語を描きはじめたとき、私が乗り越えてきた数々の修羅場を思い返しました。それはけっして美化される思い出ではなく、当時の悲惨な状況を思い出しては心が苦しくなりました。

いま現在も、どこかで、カズが働く寿苑のようにぐちゃぐちゃな組織が存在しており、どのように組織改革をすればいいのか、悩み苦しんでいる法人があるのも事実です。

なかには、私が過去に出合った高齢者虐待法人が存在したように、高齢者の尊厳が踏みにじられているような悲惨な現状もあります。

その悲劇を繰り返さないためにも、リアルな介護現場の状況を世に伝える使命があると思い、3年2ヵ月という年月をかけ、素人の私が物語を描きました。

この物語はフィクションであるものの、カズやタカ、太田などが抱えていた問題は、私自身やクライアントが実際に経験した複数の実話をパターン化したものです。

マネジメントという言葉を聞くと、ついコミュニケーションやモチベーションアップなどの「テクニック」にフォーカスされがちです。また、自己啓発なども含め、私たちの身近では、いかにポジティブ思考が素晴らしいかが述べられています。

しかし、いつの時代も光が当たるのは成功者のみで、その人生がいかに素晴らしいかが語られることはあっても、影となる部分はフォーカスされず、語られることもありませんでした。どの現場でも「相手の気持ちになって考えよう」「前向きに頑張ろう」などという言葉が飛び交うものの、個人が抱える怒りや悲しみには誰も触れていないように思います。

その理由は、「仕事」と「家庭」とは本来、別トピックとして論じられるからなのかもしれません。

しかし、数多くの経営者や中間管理職の方々と出会うなかで、「仕事」と「家庭」が蔦のように複雑に絡み合っていることに気がつきました。

本来なら数冊の本で書くような内容を、無理してこの一冊に詰め込んだこともあり、その絡み合いを解くには、追体験できる「物語」の形式で描くこと以外、考えられませんでした。

カズが父との関係に悩み苦しんできたにもかかわらず、それを長年に渡って改善してこなかったのは、父との関係性を改善するためには、自分が抱えている「怒りと悲しみ」と対峙する必要があったからです。

自分が抱える「怒りと悲しみ」と向き合うことは、とても苦しいことです。誰だって、できることなら、そんな苦しみは感じたくありません。

しかし、それを乗り越えなければ、本当の意味での幸せを見つけることはできないのかもしれません。

もしも、世代を越えて感情の負の連鎖が続いているのであれば、いまこの瞬間に、あなた自身が断ち切ってください。

そして、まだあなた自身のラストピースを見つけられていない方も、勇気を持って新しい一歩を踏み出してみてください。痛みや恐怖は伴いますが、その傷は必ず癒すことができると信じています。

あなたなら、きっと大丈夫。必ず乗り越えられます。乗り越えた壁は、私たちを守る盾になってくれます。「もう辞めたい」が口癖だったカズも、乗り越えられたのですから。

私はこの物語を描くことで、あらためて、とても大切なことに気づかされました。それは、私の人生はたくさんの方々の犠牲と献身によって支えられているということです。

未熟な私を選び、共に歩んでくださった数多くのクライアントの皆様。素晴らしい経験だけでなく、つらく大変な経験を共有してくださり、本当にありがとうございます。皆様の経験がなければ、間違いなく、この本は生まれませんでした。

また、多忙な私が会社に行くことができない状態が続いても、しっかりと現場を運営してくれたスタッフのみんな。心強い仲間がいることを、本当に誇りに思います。

そして、小説を描くことが初めての私を最後まであきらめることなくサポートしてくださったパブラボ社の菊池学さん。きっと私以上にこの物語を大切に想い、育んでくれたと思います。わがままな私の良き理解者になってくださり、本当にありがとうございました。

私の成長の裏側で、私自身が悩み苦しんだときも、いつも支えてくれたたくさんの仲間や友人がいます。彼らのおかげで、今の私という存在があります。本当にありがとうございます。

そして、最後に。

私自身が充実したビジネスライフを過ごせるのは、ユキのような妻の存在があるからです。愛する子どもたちの笑顔の裏には、いつだってあなたの苦労があることを忘れたことはありません。

この物語を世に送り出せたのも、私と家族を支えてくれるあなたの存在があったからです。心からあなたを尊敬し、言い表せないほどの感謝をしています。本当にありがとう。

2021年9月
外川大由

【著者略歴】

外川大由（とがわ・ひろよし）

15年以上に渡たりマネジメントコンダクター（Management Conductor）として、医療・介護・美容・ゲーム・IT企業等の組織マネジメントに携わり、独自のチームビルディング方法を生み出し、200を超えるクライアントの事業立て直しを成功させる。

自身でも介護事業を経営しながら、法人研修・コンサルティング・講演・執筆家（ライター）としても活躍中。その数は年間150件を超える。

また、東京大学や帝京大学などの大学機関とも共同し、コミュニケーションについての研究を行う。

ラストピースマネジメント

発行日　2021年10月20日　第1刷発行

定　価　本体1,760円(本体1,600円)
著　者　外川大由
デザイン　涼木秋

発行人　菊池 学
発　行　株式会社パブラボ
〒359-1113　埼玉県所沢市喜多町10−4
TEL 0429-37-5463 FAX 0429-37-5464

発　売　株式会社星雲社(共同出版社・流通責任出版社)
〒112-0005　東京都文京区水道1-3-30
TEL 03-3868-3275

印刷・製本　株式会社シナノパブリッシングプレス

ISBN978-4-434-29551-5